在教学中成长

幼儿园教学活动案例集

应彩云 主编

上海教育出版社

图书在版编目（ＣＩＰ）数据

在教学中成长：幼儿园教学活动案例集 / 应彩云主编.
上海：上海教育出版社，2008.10
ISBN 978-7-5444-2210-9

Ⅰ. 在… Ⅱ. 应… Ⅲ. 幼儿园—教育活动—教学参考资料　Ⅳ.G613

中国版本图书馆CIP数据核字（2008）第152585号

在教学中成长
——幼儿园教学活动案例集
应彩云　主编
上海世纪出版股份有限公司
上 海 教 育 出 版 社　出版发行
（上海永福路 123 号　邮编：200031）

各地新华书店经销　　上海市印刷十厂有限公司印刷
开本 880×1230　1/24　印张 10.33
2008 年 10 月第 1 版　2008 年 10 月第 1 次印刷
ISBN 978-7-5444-2210-9/G·1794　定价：28.00 元
（如发生质量问题,读者可向工厂调换）

主　编：应彩云

副主编：肖燕萍　卢　浩

编写人员：

张　红	黄浦区荷花池幼儿园	上海市中青年教师教学评比（幼儿教育）一等奖
吴佳瑛	虹口区友谊幼儿园	上海市中青年教师教学评比（幼儿教育）一等奖
袁晶晶	徐汇区科技幼儿园	上海市中青年教师教学评比（幼儿教育）一等奖
严　蕾	黄浦区学前幼儿园	上海市中青年教师教学评比（幼儿教育）一等奖
王红裕	浦东新区东方幼儿园	上海市中青年教师教学评比（幼儿教育）一等奖
何　洁	杨浦区第二艺术幼儿园	上海市中青年教师教学评比（幼儿教育）一等奖
郁　青	闸北区芷江中路幼儿园	上海市中青年教师教学评比（幼儿教育）一等奖
黄豪芳	宝山区淞南中心幼儿园	上海市中青年教师教学评比（幼儿教育）一等奖
王　英	金山区东风幼儿园	上海市中青年教师教学评比（幼儿教育）一等奖
金　胤	松江区荣乐幼儿园	上海市中青年教师教学评比（幼儿教育）一等奖
毛伊君	徐汇区乌南幼儿园	上海市中青年教师教学评比（幼儿教育）二等奖
余　泓	黄浦区温州路幼儿园	上海市中青年教师教学评比（幼儿教育）二等奖
徐　瑾	中国福利会幼儿园	上海市中青年教师教学评比（幼儿教育）二等奖
封茂华	宝山区徐悲鸿艺术幼儿园	上海市中青年教师教学评比（幼儿教育）三等奖
黄敏君	浦东新区冰厂田幼儿园	上海市中青年教师教学评比（幼儿教育）三等奖
徐　雯	浦东新区浦南幼儿园	上海浦东新区学科带头人
金晓燕	上海科技幼教集团宜山园	上海市徐汇区骏马奖获得者
章　文	徐汇区上中路幼儿园	上海市徐汇区骏马奖获得者
顾菊萍	杨浦区本溪路幼儿园	上海市杨浦区骨干教师
林红杰	普陀区康泰幼儿园	上海市普陀区教学新秀评比二等奖
李天虹	青浦区华新镇幼儿园	上海市青浦区青年骨干教师
陈　炜	杨浦区明园村幼儿园	上海市杨浦区青年骨干教师
童瑞莉	杨浦区延吉幼儿园	上海市杨浦区青年骨干教师

序

教学，是教师的本职工作，每天必不可少。

无论教育发生着怎样的变革，教学，主要还是在课堂里进行。

可是，我们经常看见：

当推开教室的门，原本自如地开展着教学的教师，突然手足无措、口吃结巴起来……

当园本教研的课题需要解决一个实践问题时，组长问："谁来实践一下？"大家齐刷刷地垂下了头……

当教育研究需要公开交流时，大家聚在一起"磨课、试课"，费尽九牛二虎之力，效果还是不满意……

似乎好笑，做老师的会为"上课"犯愁。

是什么导致了教师如此不自信？是缺乏教学素材，还是教学经验不足，抑或其他？

华东师范大学教师教育中心开展了"名园、名师、名课"的系列活动，让上海各区县的青年教学能手率先展示了自己的教学成果，为我们提供了鲜活的教学示范，想解决一些"上课"的困惑。

本书收编了近几年上海优秀幼儿教师的教学案例，其中，记录着教学活动的设计、思路、现场互动以及反思，较完整地呈现了"上课"的过程。

我们期待：它可以使你受到启发、帮助，可以让你有"上课"的激情和快乐，同时，还可以带给你教学的方便，不是吗？

祝我们"上课"快乐！

应彩云

2008 年 6 月

目录

小班

啊 呜 啊 呜

活动背景：

托班的孩子很喜欢"吃"和"咬"，所以故事中"小老鼠"的形象能让孩子产生共鸣。

故事的语言简单，情节有趣，能吸引孩子。

反复的语言句式，能激发孩子看看说说。

活动要求：

1. 通过看看、讲讲、听听帮助孩子理解故事。
2. 让孩子知道什么东西可以吃，什么东西不可以吃，丰富其生活经验。

活动准备：

1. PPT 多媒体课件。
2. 小型实物：一个面包、一袋大米（透明口袋包装）、一盒糖果、一个能吹的气球。
3. 有很多口袋的围裙。

活动过程：

一、游戏"变变变"。

——通过游戏"变变变"，让孩子运用感官闻一闻、摸一摸、摇一摇，猜测物品。老师从穿着的围裙口袋中取出物品，引发孩子的兴趣。

（一）闻一闻：是什么东西这么香呀？

活动中：

托班的孩子喜欢闻一闻的动作，但不一定能说出是什么。

师：是什么东西这么香呀，让我们一起来"变变变"。

孩子和老师一起念"变变变,变变变,变出了一个小面包"。(老师把面包从围裙口袋里拿出来)

师:变出来什么呀?你吃过吗?

幼:这是面包。我吃过……

师:你吃的面包是什么味道的?

幼:甜的、咸的、橘子味道的……

(二)摸一摸:这一粒粒的是什么东西呢?

活动中:

师:摸一摸,你知道这里面是什么吗?

幼:是一个个的小东西……

师:我们一起把它变出来好吗?

幼:变变变,变变变……

师:变出什么来呢?(拿出一袋米,通过透明的口袋,让孩子观察)

——托班孩子的生活经验有限,可能不知道这就是平时生活中吃的"米饭",老师可以直接告知。

师:这是大米,把大米煮熟了就是我们平时吃的米饭。

(三)摇一摇:听听这里装着什么东西呢?

活动中:

师:听听这里装的是什么?

幼:是糖果……

师:你怎么知道里面装的是糖果呢?

幼:因为这是装糖果的罐子。

师:是不是糖果呢?我们一起来"变变变"。

——老师引导孩子认识糖果盒子的形状,通过观察糖果盒子的图案,说说可能是什么味道的糖果,让孩子对糖果充满兴趣和期盼。

老师小结:"变变变,变变变,变出一个小面包。"

"变变变,变变变,变出一口袋大米。"

"变变变,变变变,变出一罐小糖果。"

突然,来了只小老鼠……

——老师通过儿歌化的语言,让孩子知道面包、大米、糖果,为听故事做准备。

二、听故事《啊呜啊呜》。

(一) PPT 多媒体课件演示"小老鼠"。

——让孩子观察小老鼠的样子如:有胡子的小老鼠,它有一颗牙齿……

(二) 故事前半段 PPT 演示一个面包、一袋大米和一盒糖果。

● 小老鼠吃了哪些东西?

——孩子通过看 PPT 图片,听故事,回忆故事中看到的东西。

● 小老鼠是怎么吃的?

——孩子模仿小老鼠"啊呜啊呜"吃的动作,并模拟声音。

(三) 讲述故事前半段。

——让孩子跟着老师一起看看说说。

(四) PPT 多媒体课件演示一个气球,提问:

● 小老鼠发现了什么?

● 气球可以用来干什么?

● 小老鼠想知道气球是什么味道的,它咬了一口,结果会发生什么事情?

活动中:

师:气球可以用来干什么?

幼:可以玩;它会飞起来……

师:小老鼠想,气球是什么味道的呢?小老鼠张大嘴巴咬了一口……(让孩子接着说)

幼:爆掉了,啪啪(孩子很喜欢模仿气球爆炸的声音)……

师:是呀,小老鼠这回才明白,原来不是什么东西都能吃、都能咬的呀。

(五) 完整欣赏故事。

——可配音乐,用优美的声音有表情地讲述故事,让孩子沉浸在故事的情节之中。

三、告诉小老鼠什么东西可以吃,什么东西不可以吃。

——结合托班孩子的生活经验讲讲说说。

反思与建议:

1. 活动后可以让孩子玩"可以吃的"、"不可以吃的"的分类游戏。

2. 角色表演"小老鼠"，根据情节为物品排序。

3. 玩"感官"游戏，如闻一闻是醋还是白开水，摸一摸是绿豆还是黄豆等等。

附故事《啊呜啊呜》

一个面包，好香啊！小老鼠咬了一个洞，啊呜啊呜吃起来。

一袋大米，小老鼠咬了一个洞，啊呜啊呜吃起来。

一盒糖果，小老鼠咬了一个洞，啊呜啊呜吃起来。

气球是什么味道？小老鼠张大嘴巴咬了一口——啪！气球爆炸了！

原来，不是什么东西都能吃、都能咬的呀！

（毛伊君）

甜津津的河水

活动背景：

因为糖能吸引小年龄孩子，所以，借用故事，让孩子关注生活中的溶解现象。

因为溶解的过程需要等待，所以，借用音乐，让孩子在"鸦鸦舞"的快乐中等待结果。

因为是集体活动，所以，借助活动，让孩子营造"友爱共享"的班级氛围。

活动要求：

1. 知道糖在水里是可以溶化的。
2. 在音乐节奏中，尝试用肢体动作来表达表现。

活动准备：

1. 《甜津津的河水》PPT 多媒体课件。
2. 音乐：我是一根棒棒糖，咿呀咿呀哟，会跳舞的棒棒糖，咿呀咿呀哟。
3. 大的棒棒糖、水盆、一次性杯子、勺、录音机。

活动过程：

一、听故事《甜津津的河水》。

（一）出示棒棒糖：这是什么？这是根怎样的棒棒糖？

——这是活动的导入，吸引孩子投入活动，有"热身"的作用。

活动中：

小班的孩子对这样宽泛的问题有些摸不着头脑，不会有针对性地回答，所以老师可以稍作解释，进行追问：

师：这是什么？吃过吗？

幼：棒棒糖。吃过。

跟问：这根棒棒糖吃起来是……（停顿一下，孩子会跟出：甜甜的）

师：对呀。猜猜这根甜甜的棒棒糖会是什么水果味道的？

幼：是芒果味的，因为我看见黄颜色……我猜是蓝莓味的，因为有蓝色……

师：哦，这根五颜六色的棒棒糖，大概有各种各样的水果味道吧……

（二）逐一演示PPT课件：看，是谁啊？小熊也有根棒棒糖……

（三）完整故事演示：幼儿边听故事，边看PPT课件。

——孩子对故事很着迷，所以，以下的插问语气依然应该有童话的色彩。

1. 插问：小熊不知道水里的朋友在哪儿，有什么办法可以让水里的朋友尝到棒棒糖的甜味呢？

活动中：

幼：放下去；放在水里……

2. 追问：棒棒糖放在水里，为什么朋友就能尝到甜味了呢？（难）

或者：棒棒糖放在水里，水会变得怎样？（容易）

活动中：

幼：糖会化掉的；溶化了；水变甜了，水里的朋友就能尝到甜味了……

老师小结：糖放在水里会溶化的，水大概会变甜的。

二、跳舞的棒棒糖。

（一）将棒棒糖放入可饮用的水中：我们也来试一试。

追问：

● 棒棒糖溶化了吗？我们一起叫它快溶化……（幼儿学说）

● 怎样让棒棒糖溶化得快点呢？

——可以解释搅拌：这样搅拌好像棒棒糖在跳舞一样。

（二）棒棒糖的舞蹈：棒棒糖在水里边跳舞，还边唱歌呢。唱什么呢？（老师边操作边唱）

——孩子欣赏老师的歌唱。

● 棒棒糖在水里快乐地又唱又跳，可是棒棒糖除了这样跳舞，还可以怎么跳舞呢？（老师跳舞）

——孩子欣赏老师的舞蹈。

- 你觉得这个舞好看吗？我们一起来教棒棒糖跳舞吧！
  ——可以边舞边解释：它可以溶化得快一点。
- 我们教棒棒糖跳舞吧，棒棒糖在水里跳舞，就会溶化得快一些。
  ——老师先教一个动作，激发孩子跳舞的兴趣，重点在紧跟节奏，引导孩子要动得快一点，棒棒糖就会溶化得快一些。
- 幼儿自编舞蹈动作。
  ——用一个动作合着音乐舞蹈(音乐见附二)。

活动中：

请想出动作的孩子尝尝水变甜了吗？

请尝过水的小朋友将"甜"字贴在板上，告诉大家水变得甜了。

老师激发：再教它跳个舞吧，水会变得更甜的！

舞蹈动作可以先是一个动作的舞蹈，再是两个动作组合的舞蹈，最后是大家一起舞动……

- 一起数数，现在的水已经有几个"甜"字啦！
  ——这里的数数，让孩子形象地理解水越来越甜的概念。

三、甜甜的水。

(一) 尝尝水变甜了吗？

"现在，你们觉得水变甜了吗？你从哪儿看出来的？"

活动中：

孩子说水变颜色了，棒棒糖变小了。

(二) 分享甜甜的水。

——边尝边回归故事：水里的朋友都来啦……大家欢欢喜喜地尝到了棒棒糖的味道。这甜甜的水是什么水果味道的？

延伸：棒棒糖放在水里，水会越来越甜吗？

反思与建议：

活动后可以在区角里开展：

1. 变没啦、溶化啦：取一容器(最好小一些)，先放水，再放一些饮品干粉，让孩子边玩溶解边尝尝饮品。

2. 棒棒糖的舞蹈:听音乐自编舞蹈。

3. 故事阅读《甜津津的河水》。

附一 故事《甜津津的河水》

小熊有一根棒棒糖,一根甜甜香香的棒棒糖。它独自来到河边,拿出棒棒糖,欢欢喜喜地正要吃。一条小鱼游来了,小熊赶紧把棒棒糖藏起来。

小鱼问:"小熊,你在干吗?"小熊说:"没干吗! 没干吗!"小鱼游走了。

小熊拿出棒棒糖,欢欢喜喜地正要吃,一只螃蟹游来了,小熊赶紧把棒棒糖藏起来。

小螃蟹问:"小熊,你在干吗?"小熊说:"没干吗! 没干吗!"小螃蟹游走了。

小熊拿出棒棒糖,欢欢喜喜地正要吃,一只乌龟游来了,小熊赶紧把棒棒糖藏起来。

小乌龟问:"小熊,你在干吗?"小熊说:"没干吗! 没干吗!"小乌龟游走了。

水里的朋友游走了,小熊拿出棒棒糖吃。周围一个朋友都没有,它觉得很孤单:"唔! 如果大家一起吃,一定很热闹!"

于是,它叫了起来:"小鱼! 小鱼!"小鱼没有来。

它又叫:"小螃蟹! 小螃蟹!"小螃蟹没有来。

它最后叫:"小乌龟! 小乌龟!"小乌龟也没有来。

小熊难过极了! 怎样能让河里的朋友尝一尝棒棒糖的甜味呢?

附二 音乐(可以自选)

1=F $\frac{2}{4}$

欢快地

| 1 1 1 5 | 6 6 5 | 3 3 2 2 | 1 - | 1 1 1 5 | 6 6 5 | 3 3 2 2 | 1 - ‖

我是 一根 棒棒糖 咿呀 咿呀 哟,   会跳 舞的 棒棒糖 咿呀 咿呀 哟。

(舞蹈)固定动作   自编动作   固定动作   自编动作

(应彩云)

多彩的袜子

活动背景：

　　"多彩的袜子"的"多彩"体现在——展现在幼儿面前的是丰富多彩、各色各样的袜子。

　　"多彩的袜子"的"多彩"体现在——让幼儿获得的经验是整合的、多元的。

　　本次活动力图体现教育的整合意识，注重环境的创设，让幼儿在与环境的互动中，形成新的认知经验，探究学习方法，获得更多的、个体的经验。

活动要求：

　　1. 感受袜子的不同用途和特征，大胆表达自己生活中的经验。
　　2. 在游戏中逐步形成"双"的概念，尝试自己整理袜子。

活动准备：

　　各种袜子如圣诞袜、足球袜、长筒丝袜、五指袜、毛线袜等，箱子，盒子，足球运动员踢球的照片等。

活动过程：

　　一、猜猜说说。

　　教师和孩子们围在一起席地而坐。教师取出一个装饰十分漂亮的盒子，告诉他们里面有个宝贝，然后晃动盒子请他们猜。

　　（一）猜猜盒子里装的是什么？

　　幼：没有东西；餐巾纸……

　　师：有没有东西？为什么你觉得是餐巾纸？

　　幼：因为餐巾纸是软的，听上去没有声音。

师：放软的东西,晃动时声音很轻,里面可能还会装什么?

幼：(打开看一看)是袜子。

(二) 你们穿袜子了吗? 为什么大家都要穿袜子?

幼：穿了袜子脚就不冷了;脚会很干净,不会脏的;我穿了袜子很漂亮的……

小结：袜子的花纹、花边、图案很好看。

——小班孩子对色彩鲜艳和神秘的东西颇感兴趣,往往很能集中注意力。这次因为盒子里装着袜子,摇起来没有声音,因此更让孩子感到奇怪。另外,孩子们虽然在四季的轮换中穿过袜子,但没有意识到要去感触一下不同质地的袜子。安排这个小插曲可以增加孩子的体验,扩展他们的经验,让幼儿表达自己最初的、最浅显的感受。

二、讨论理解。

(一) 今天我也穿了漂亮的袜子。(教师出示自己穿的一只袜子)

(教师脱掉鞋,出示两只脚,其中一只脚穿了一只袜子,让幼儿评评漂亮吗?)

幼：哈哈,你怎么只穿一只袜子;老师,你少了一只袜子。

师：哦,原来袜子要两只一起穿的,我得加上另一只。(教师从箱子里取出一只很小的袜子套在脚上。)

幼：不对了;太小了;要一样大的才行。

师：大小也要一样呀,好,再换一只。

小结：长短一样、大小一样、花纹一样的两只袜子就是一双袜子。

——此环节很自然地集中了孩子的注意力,通过只穿一只袜子的滑稽形式,让幼儿自主发现问题,解决问题,因而他们的兴趣特别高涨。整个活动过程,教师始终处于一个观察者、引导者和环境提供者的角色,让幼儿自己寻找答案,在自身与环境的互动里,从层层深入的体验中,逐渐理解一双袜子的含义。"双"的概念要说清,要让幼儿很好地理解是有一定挑战性的。

(二) 你还见过什么袜子? 找找这些袜子不同的地方。

幼：我看到过圣诞袜的。

师：他见过圣诞袜的,你们还见过什么袜子?(展示各种不同的袜子)并提问：哪只是圣诞袜? 是用来干什么的?

幼：圣诞节的时候有的,可以装礼物的;圣诞老人会把礼物放进袜子里的。

师：圣诞袜是一只的，以后圣诞节你也准备一只圣诞袜，试试看有礼物吗？

教师出示足球袜，问这是谁穿的？

幼：踢球的人。

师：为什么他们要穿这么长的袜子？

幼：球会飞的，会撞到脚的；穿了脚上干净。

师：他们穿这么长的袜子可以保护腿，还能保持干净。你喜欢上面哪双袜子？

教师又出示五指袜，问幼儿见过这种袜子吗？

幼：这只袜子真好玩。五个脚趾是分开的。

师：这叫五指袜，五个脚趾分开既保暖又卫生。

——孩子知道圣诞节、圣诞袜，也有收礼物的经验。四季的更替和对生活的观察，使他们准确地表达出袜子厚薄的原因以及大小袜子的归属问题。令幼儿感到困难的是足球袜。幼儿认为这么长的袜子是妈妈的，是冬天穿的。接收到孩子的信息后，教师可以及时提供足球运动员踢球的图片，这样可以让幼儿在亲眼观察、触摸后，理解运动员为何要穿那么长的袜子。

三、操作活动。

（一）是谁来电话？

——"电话"铃声再次激发孩子的兴趣，他们像真的一样和电话里的妈妈进行对话。妈妈请他们整理袜子，他们很愿意。对他们来说，帮妈妈劳动是快乐的。

（二）袜子应该怎么整理呢？

幼：先整理，再叠好放进抽屉里。

师：我们一起来帮助妈妈整理好吗？

（三）你是怎么整理袜子的？

幼：我把袜子卷起来放好；我帮袜子都找到朋友了；我是对折的。

师：这些袜子乱了整理起来真不方便，以后我们脱下的袜子要放在一起，这样找起来就快了。袜子穿脏了怎么办？

幼：脏了要洗的。

师：你会洗吗？下次我们来洗自己的小袜子好吗？

——这个环节设计的目的：一是考虑到小班幼儿的年龄特点，让幼儿的思维、心理、情绪等方面都进行一个调整，并把生活习惯、技能的培养、认知等整合在一起；二是在情感教育的同时注重巩固"双"的概念和观察幼儿折叠的技能；三是由于孩子在认知风格和性格上存有差异,造成活动中可能出现各种现象,这就需要老师事先对孩子的能力有个全面的了解,才能较好地把握活动现场。

在幼儿操作中,只需让幼儿简单交流折叠的方法。

反思与建议：

1. 在活动区提供各种袜子,让幼儿穿袜子,满足其需求并感受各种袜子的不同。
2. 通过整理归类活动,或在绘画区让幼儿给袜子添画,帮助幼儿建立"双"的概念。

（吴佳瑛）

我 们 的 家

活动背景：

虽然来到了幼儿园,但家依旧是小班孩子们最依恋的地方。

家里有嬉笑声、讲话声,还有洗刷声……家里的声音是孩子们熟悉的、喜欢的。

理解不同声音所表达的不同含义,了解家里不同房间的功用是孩子们关注周围生活的开始,也是孩子们在一起乐意分享交流的有趣话题。

活动要求：

1. 简单了解家里的各个房间,喜欢家里的生活。
2. 学着大声地表达,有开口说话的积极性。

活动准备：

PPT 多媒体课件(幼儿家中某一个房间的照片,"老师的家"视频、音频结合)。

活动过程：

一、介绍自己的家。

(一) 这里有好多照片,都是我们小朋友的家,找找哪个是你的家?

——鼓励小班上学期的孩子大胆地说话表达非常重要,所以这个环节教师可以利用 PPT 课件播放孩子们家的照片,要求孩子在看到自己家的照片时能大胆地站起身,大声地说:"这是我的家。"

(二) 追问:你是在家里什么地方拍的呀? (难)

或者:这是你家的什么地方呀? (容 易)

活动中:

幼:在阳台上拍的;在沙发上拍的……

——如果有孩子或其家人的照片等信息,可以让其他孩子猜猜这是谁。

二、去老师家做客。

——教师的家同样是孩子们感到好奇的地方,所以教师可以把自己的家作为素材进行活动,利用视频、照片及各种声音制作成PPT课件。对于小班孩子而言,情景的创设非常重要,所以,教师的语言更要注意营造一个逼真的、富有情景的氛围。

(一)刚才我们看到了这么多小朋友的家,想不想去老师家里做客?

(二)播放PPT课件(老师的家):我家住在101,找找看,哪间是我的家?

——这个细节可以让孩子们认读数字。

追问:门关着怎么办呀?

——可以结合一些礼貌教育,让孩子们复习曾经学唱过的相关歌曲。

活动中:

幼:可以敲敲门。

师:敲门可以说什么?

幼:请你开开门,我是×××。

幼:还可以按门铃。

师生一起唱歌曲《叮咚小门铃》。

(三)是谁开的门?和哥哥打个招呼。听听哥哥说什么?(欢迎你们到我家来玩)

(四)看看,老师家有几个房间?

——PPT画面上有四扇不同颜色的门表示四间房间,门上有不同的图片暗示房间的作用。

活动中:

教师可引导孩子观察图片,推测房间的功能,再听房间里的声音,猜测房间里发生的事。孩子讲述房间的顺序可能与教师预设的不同,在这个环节中教师的引导要灵活,要注意自然地联系孩子的生活经验,引发幼儿开口说话的积极性。

幼:四个房间,1、2、3、4。

师:猜猜看,这些房间都是干什么的?

幼:第三个是烧饭的房间。

师:烧饭的房间叫什么?

幼：厨房。（可以引导幼儿一起学说）

师：你怎么知道这是厨房？

幼：门上有个煤气灶。

师：我们听听厨房里有什么声音？

幼：炒菜的声音。

师：你们家里是谁炒菜的？

幼：妈妈、奶奶、爸爸……

师：想不想知道我家里是谁炒菜的？

幼：是奶奶。

师：我们一起跟奶奶打个招呼。

（五）平时家里谁和你一起吃饭啊？（引导幼儿数数，数与人对应）

（六）看呀，奶奶烧好了，我家要吃饭了。这里有很多碗和调羹，现在请你帮我在桌子上放碗和调羹吧。我家有哥哥、奶奶、我，还有哥哥的爸爸，一共几个人呀？

——这个环节可以让孩子运用一一对应的经验，帮助老师的家分碗筷，教师可以从中观察孩子这方面的不同水平，适时给予不同回应，如肯定、和孩子一起数数、帮助孩子取碗和调羹等。

（七）大家碗筷分放好了吗？谢谢你们哦！

（八）现在我们再到哪个房间去看看？这是什么房间？

活动中：

幼：这是睡觉的房间。

师：睡觉的房间叫什么？

幼：卧室。

师：你从哪里看出它是卧室？

幼：门上画着一张床。

师：原来卧室里有床，那旁边的房间里也有床，那是什么房间呀？

幼：那个也是卧室。

师：我家怎么有两个卧室呢？

幼：一个是宝宝的，还有一个是爸爸、妈妈的。

师：哪个是爸爸妈妈的卧室？哪个是宝宝的卧室？为什么？

幼：大床是爸爸妈妈的,小床是宝宝的。

幼：爸爸妈妈的床上有两个枕头,宝宝的床上只有一个枕头。

师：让我们听听卧室里会有什么声音?

幼：爸爸在打呼噜。

师：爸爸工作很辛苦,已经睡着了,我们不进去打扰他! 那宝宝的卧室里会有什么声音?（点击 PPT 里闹钟声）

幼：是闹钟的声音。

师：猜猜小闹钟在说什么?

幼：要起床啦;不要睡觉啦;要上幼儿园啦……

师：这里有四间房间,还有哪个房间没有去过? 这是什么房间?

幼：厕所、卫生间。

师：猜猜厕所里会有什么声音?

幼：小便的声音、洗澡的声音、洗手的声音、洗脸的声音、冲马桶的声音……

师：听听里面是什么声音。

幼：这是刷牙的声音。

师：猜猜谁在里面刷牙?

幼：哥哥在刷牙。

师：谁和哥哥一样每天刷牙的? 你们一天刷几次牙?

——这样的交谈可以帮助孩子联系生活经验,使孩子"言之有物"、"意犹未尽"。

三、尾声:小哥哥上学了,我们和小哥哥说什么?

反思与建议:

1. 整个活动需要增强"做客"的情景,这样可以使孩子觉得有趣、逼真,情绪投入。

2. 活动后,可以利用区域活动中的材料投放、听辨录音声音、和家人一起找声音等活动内容,引导幼儿对声音继续进行探究与发现。

3. 生活中要注意帮助幼儿养成轻拿轻放东西的好习惯。

（何　洁）

17

猜猜我有多爱你

活动要求：

　　在音乐活动中，体验爸爸很爱我，并愿意尝试用歌声、动作等表达自己对爸爸的爱。

活动准备：

1. 孩子已经在区域活动中尝试演唱卡拉 OK。
2. 孩子与自己爸爸的合影制成的 MTV。
3. 多媒体课件《猜猜我有多爱你》。
4. 熟悉背景音乐，会用背景音乐为儿歌配音。

活动过程：

一、说一说。

　　——采用说唱的形式，将爸爸对宝宝的爱告诉大家。在这个环节中，教师将孩子的调查记录一幅幅呈现在孩子面前，让孩子跟着音乐将自己的调查说出来，告诉所有的人，爸爸是怎么爱我的。

　　（一）师：爸爸喜欢你们吗？他是怎么爱你的？

　　（二）师：我们把爸爸对你们的爱记录了下来，现在一起跟着音乐将爸爸的爱告诉大家。（跟音乐用节奏语言说唱）

　　活动中：

　　孩子们跟着音乐，用说唱的形式再现自己的调查："爸爸爱我，爸爸爱我，爸爸和我手牵手，心里真开心。""爸爸爱我，爸爸爱我，爸爸和我玩沙子，心里真开心。"……

二、做一做。

　　——孩子先用自身的动作，告诉大家爸爸的爱。然后再自己学做爸爸，表现爸爸和孩子做游戏的情景,再次体验爸爸对自己的爱。最后,通过故事情景"猜猜我有多爱你"引出孩子对爸爸的爱,并让孩子想象用各种动作表达自己对爸爸的爱。

（一）师：我们都来学做爸爸,用自己的动作告诉大家爸爸有多爱我。（跟音乐做体能操）

（二）师：爸爸给了我们勇敢、有力量的爱。他爱我们,我们也爱他。让我们大声地告诉爸爸："爸爸我爱你,爸爸我爱你。"小兔子对爸爸有多少爱呢？做给大家瞧瞧。

除了可以比大小,还可以比什么？

有什么办法可以超过爸爸？

活动中：

幼儿自编动作后,教师需要将孩子的动作及时用语言进行小结：如我跑得有多快,就有多爱爸爸……

（三）我们把小兔子对爸爸的爱跟着音乐讲给大家听。（用节奏语言说唱歌词）

——再次体验,巩固对歌词的理解。

三、唱一唱。

——演唱卡拉OK,教师将宝宝爱爸爸的照片制作成卡拉OK的MTV,让宝宝跟着音乐唱出自己对爸爸的爱。

（一）游戏"爸爸我爱你"（跟音乐哼唱乐曲）。

（二）师：刚才我们把自己的名字唱给爸爸听了,现在我们要用歌声来告诉爸爸"我有多爱你",听……（多媒体歌曲欣赏）。

（三）介绍歌曲《猜猜我有多爱你》,幼儿欣赏、尝试演唱。

（四）将自己的爱唱给爸爸听,尝试师生轮唱。

四、延伸活动：推荐图书《猜猜我有多爱你》。

——我们不在乎孩子欣赏了多少乐曲、会唱了多少歌曲、会使用多少乐器……我们在乎的是和孩子共同寻找属于他们自己的音乐,感受音乐,在平凡的每一天中快乐成长这才是最重要的。

（郁　青）

谁 的 声 音

活动背景：

孩子对有趣的、奇怪的声音是很感兴趣的,因此利用生活中丰富的声音资源:动物的声音、马路上汽车的声音、优美的歌声、玩具发出的声音等等,让孩子感受来自声音的各种信息,引发幼儿关注周围人与事物的兴趣,培养幼儿良好的倾听习惯。

活动目标：

1. 通过声音游戏来区别人的不同声音,养成良好的应答习惯。
2. 喜欢听辨周围的声音,知道不同的声音传达不同的含义。

活动准备：

PPT 课件,娃娃家房子一座。

活动过程：

一、情景导入,激发兴趣。

——通过以天线宝宝为内容制作的 PPT 课件来引起幼儿的活动兴趣。

活动中:

小班初期的孩子好奇好动,注意力不易集中,但是当他们听到天线宝宝的声音后立即安静并开始寻找声源。我们在教室的四个角落轮流播放笑声,孩子们一会儿听在这里,刚转过头,那个角落又发出笑声了,接着他又把头转过去,有趣极了。

(一)听辨天线宝宝的笑声。

活动中:

师:听!谁的笑声?

幼:哇!是天线宝宝。

师：他在哪里呀？

幼：在这里，那里，到那里去了。（幼儿边说边转动脖子，用手指比划着。）

（二）和天线宝宝应答。

活动中：

（出示天线宝宝形象）红色的小波：小朋友们好！

幼：小波你好！（挥动双手）

小波：你们真有礼貌，我们做个游戏好吗？

二、听辨游戏，辨别不同人的声音。

——PPT课件呈现不同人的声音，让幼儿猜，和幼儿对话，打招呼互动。猜对了图像呈现，让幼儿感受猜对的喜悦。

（一）听辨男声、女声和童声唱歌。

活动中：

师：是谁在唱歌？猜猜看！

幼：是爸爸。

师：别人的爸爸我们叫叔叔。

师：谁在唱歌？

幼：妈妈。

师：别人的妈妈我们叫阿姨。

师：是谁在唱歌？

幼：小朋友。

师：几个小朋友？

幼：一个，两个，一百个……

师：数不清楚，我们就说有许多个。

活动中：

孩子们跟着画面上的人物，认真倾听老师的要求，一起唱《小宝宝要睡觉》的歌，一起念《大皮球圆又圆》的儿歌，一起用方言打招呼，可爱又有趣。当男声唱到"我爱你，爱着你，就像老鼠爱大米"时，我问谁在唱歌？竟然有宝宝说："是老鼠在唱歌！"充分显现了小班孩子的天真可爱。

（二）听辨金山话、上海话和英语。

——让幼儿知道不同地域的人说不同的话。

三、和声音做游戏。

——请人躲进小房子里,发出声音,让幼儿听熟悉的人发出的声音,猜猜是谁。

(一)听辨同伴的声音。

(二)听辨老师的声音。

——老师故意将声音变一变,让幼儿既感到新奇,又提高了难度,引起幼儿模仿的兴趣。

活动中:

孩子们兴奋极了,猜了好几次没有猜出来,个别孩子开始忍不住往前冲,去掀开小房子的窗帘。

(三)活动延伸:听听、学学生活中的其他声音。

——引起孩子模仿的兴趣,知道不同年龄的人声音不一样,语气也不一样,从而更加关注身边人的声音。

反思与建议:

可将延伸部分内容放在区角活动中进行,这样更符合小班幼儿的年龄特点,在游戏中轻松结束。

(王 英)

可爱的小兔

活动背景：

作为主题活动"小兔乖乖"中的预设集体活动，能帮助孩子梳理在低结构活动中所积累的关于小兔外形的零散认知。

根据小年龄孩子的特点，设计了拼图游戏、装扮游戏。

活动要求：

喜欢小兔，在看看、说说、装扮的过程中了解小兔的主要外形特征。

活动准备：

1. 环境创设：活动室布置小兔的图片，放置孩子们带来的各种小兔的玩具；墙面或橱背装饰有青菜、萝卜、蘑菇、草地的图。

2. 拼图：小兔身体，长耳朵，短尾巴，三角形耳朵，长尾巴。

3. 装扮材料：扭扭棒做的耳朵，浴球做的尾巴。

4. 音乐《兔跳》。

活动过程：

一、说说小兔。

你喜欢我们教室里的小兔吗？最喜欢哪一只？最喜欢它身上什么地方？

——三个问题逐步缩小孩子对小兔的关注点，最终指向对小兔外形的关注。

活动中：

幼：喜欢小兔的耳朵；喜欢小兔的毛；喜欢小兔的尾巴……

老师一方面要注意引导孩子把话说完整，另一方面可以进一步追问。

师：为什么喜欢小兔的毛？

幼：软软的,摸上去很舒服。

……

二、拼拼小兔。

"老师也有一只最喜欢的小兔。"(出示拼图"小兔身体部分")

(一)"这只小兔好奇怪啊。哪里很奇怪?"

——引发孩子观察。

活动中：

幼：它没有耳朵。

它没有尾巴。

孩子们一下就发现了小兔奇怪的地方。

(二)拼拼说说耳朵。

出示三角形耳朵："这是小兔的耳朵吗? 小兔的耳朵是怎样的?"

活动中：

幼：小兔的耳朵是长长的。

师：小兔都有长长的耳朵吗?

老师边小结边拼图："小兔有两只长长的耳朵。"

(三)拼拼说说尾巴。

出示两条尾巴："哪一条是小兔的尾巴?"

活动中：

幼：短短的。

师：小兔的尾巴像什么?

幼：像个圆形。像个小球。

老师边小结边拼图："小兔有一条短短的尾巴。"

(四)这就是老师最喜欢的小兔,让老师来夸夸它："小兔子,真可爱,长长的耳朵短尾巴,我真喜欢你。"

——对小兔主要外形特征的总结。

"你们喜欢小兔吗? 喜欢就和我一起夸夸它。"

——在语言模仿中学习,加深认识。

活动中：

幼儿喜欢有韵律的念诵,所以,念着念着变成"……我真的真的真的喜欢你",语言节奏的变化,让孩子觉得趣味盎然。

三、扮扮小兔。

(一)"我先来变成兔妈妈,看清楚我是怎么变的。"

——巩固对小兔外形特征的认识,并了解如何使用装扮材料。

老师边装扮小兔边用儿歌帮助幼儿进一步了解小兔的外形特征:

小兔小兔真可爱,

长长耳朵竖起来,

短短尾巴摇摇摆。

提问:"我像不像小兔?哪里像呀?"

(二)"你们快去变成兔宝宝。"

——引导幼儿学着装扮小兔。

(三)在音乐声中,兔妈妈带小兔蹦蹦跳跳去找食物。

——初步了解小兔的其他特征。

反思与建议:

活动后可以在区角投放不同的耳朵、尾巴,让孩子在找找、辨辨中进一步巩固对小兔外形特征的了解。

(金 胤)

我和动物一起玩

活动背景：

幼儿在"听听猜猜"、"动物躲猫猫"等游戏中，了解动物的不同叫声、外形特征，帮助幼儿感知、积累有关常见动物的基本特征和生活习性，激发幼儿喜爱动物的情感。

活动目标：

了解动物的明显特征，亲近、喜欢各种常见的动物。

活动准备：

1. 多媒体课件《听声音猜小动物》、《动物躲猫猫》。

2. 与动物有关的游戏材料：《喂动物宝宝吃饭》，《动物拼图》，《动物猜谜》的录音磁带，《动物的本领大》的图片。

活动过程：

一、集体游戏"找找小动物"。

师：森林里的小动物在和大家玩躲猫猫游戏呢！我们一起来看看有哪些动物？它们躲在什么地方？

（一）听听猜猜。

要求：能根据动物的叫声说出动物的名称。

——多媒体课件应该先播放动物的叫声，让幼儿猜猜，然后再出示该动物画面。为了让幼儿能听清楚，课件中动物的叫声可反复播放。

（二）动物躲猫猫。

要求：能根据动物的外形特征说出动物的名称。

——可结合方位词让幼儿寻找小动物,如树上有一只小猴、大石头下藏着一只乌龟……每个地方都露出动物身上的某一种显著特征让幼儿猜测。如果幼儿猜中了,该动物则一边发出叫声,一边现出完整的身体。

二、自主游戏"请你也来玩玩"。

要求:按照自己的能力、喜好,自主选择不同区域和小动物做游戏。

内容:

● 喂动物宝宝吃饭——能将不同的食物喂给不同的动物宝宝吃;

● 动物拼图——将某一动物图片分成若干张小图片,让幼儿拼成完整的一张动物图片;

● 动物猜谜——能根据录音机中教师所念的动物谜语,在答案纸上圈出相应的小动物;

● 找找动物的本领——能从不同的动物图片上找出动物的本领,如小猫正在抓老鼠。

反思与建议:

教师可在活动后,让参与"找找动物的本领"的幼儿来讲述一下他们在游戏中的发现,从而引发幼儿进一步关注、了解动物的本领。

(童瑞莉)

开 心 菜 园

活动背景：

　　小班的孩子们会关注"开心菜园"的变化,在观察、比较中他们会感受、发现春天到来了。

　　"开心菜园"是孩子们熟悉的种植园地,担当小小园丁,能进一步激发孩子们关心、护理"开心菜园"的愿望。

活动要求：

1. 观察"开心菜园"的变化,尝试用比较完整的语言进行表达。
2. 初步培养关心、爱护花草树木的美好情感。

活动准备：

1. 利用春游活动,组织幼儿观察、欣赏花园中的美景,寻找花园中的春天。
2. 拍摄一段种植园地的录像。
3. 一组关于"园丁"的课件(也可以用图片替代)。
4. 一段轻快的音乐。
5. 制作小花头饰(人手一个)。

活动过程：

一、看看说说"开心菜园"的变化。

——在这个导入环节中,直接播放录像帮助幼儿回忆"开心菜园"和种植园地。

导语:我们一起来看一段录像,仔细看哟,你在录像中看到了什么?

(一) 一看:小花园里有什么?

重点:引导幼儿大胆地说说自己在录像中看到的内容。

活动中：

师：你看到了什么？

幼：我看到了香樟树；我看到了滑滑梯；我看到了"开心菜园"。

——这一环节孩子们的回答很宽泛，录像中看到的都是答案。

（二）二看：小花园里的春天在哪里？

重点：找找小花园中的春天，引导幼儿有意识地进行观察，体会花草的变化与季节的关系。

活动中：

师：春天在哪里？我们再看一次录像，你在幼儿园的花园里找到春天了吗？

幼：草地绿了；香樟树叶的颜色变了；"开心菜园"开花了。

（三）三看：小花园里的"开心菜园"（种植园地）。

——在这里，录像拍摄时要将"开心菜园"设计成一个大特写。

重点：引导幼儿回忆自己种植的经历，说说种子的变化。

活动中：

老师边放录像，边提问。

师："开心菜园"里开出了黄色的花，这是什么花呢？

幼：油菜花。

师：瞧！是什么在菜园里飞来飞去呢？

幼：是苍蝇；不是的，是小蜜蜂。

师：小蜜蜂在干什么呢？

幼：酿花蜜，我妈妈说过的。

……

二、表演游戏"小园丁"。

——在这一环节里，孩子们通过角色的变换，模仿小花成长的快乐，体会园丁浇灌花草的重要性。

导语：花草树木离不开春天的阳光、春风、春雨，也离不开园丁的悉心照顾。

（一）你们知道什么是园丁吗？

——难，估计孩子们不了解什么是园丁。

活动中：

幼：什么是园丁呀？

师：园丁是谁你们不知道吗？让我们来认识一下。

（播放一组园丁的课件）

小结：我们在"开心菜园"里细心地种下种子，又认真地浇水、除草。种子发芽了，长大了，我们多么开心。所以，我们就是小园丁呀！

（二）游戏"小园丁"。

重点：模仿"小园丁"浇花、小花长大的情景。

——在这里鼓励孩子们用身体的动作表现小水壶浇花。

活动中：

第一遍老师扮演园丁，孩子们戴上自选的小花头饰，扮演小花。

在孩子们佩戴头饰时老师随机询问：你是什么花？（幼儿已经了解春天的花和树）

幼：我是迎春花；我是油菜花。

（老师念儿歌，一手叉腰，一手掌心向上弯曲，模仿水壶，孩子们由蹲着慢慢站起，表示长大。）

第二遍老师扮演小花，孩子们扮演园丁。老师可用夸张的动作表示水浇得还不够，并引导幼儿模仿念儿歌。

三、小花园更加美丽啦！

导语：有了园丁的呵护，小花园一定会更加美丽，让我们再去看看小花园。

——播放照片，欣赏各种园林艺术，边看边与幼儿随机交谈。

小结：我们关心花草树木，同时它们也给了我们美的享受，让我们的生活更美好。

反思与建议：

活动后可以进行——

1. 表演游戏：引导幼儿两人或多人分角色进行儿歌表演。

2. 种植活动：以值日生形式学着护理种植园地。

3. 护绿小卫士：关心、爱护幼儿园的绿化环境。

附儿歌《小园丁》

沙沙沙,沙沙沙,
小小园丁来浇花。
沙沙沙,沙沙沙,
花儿花儿快长大。

（黄敏君）

巧 克 力 宝 贝

活动背景：

甜蜜蜜的巧克力对孩子很有诱惑力,让孩子的视线从喜欢吃巧克力,转向关注巧克力的各种形状,借助人手一份的教具,让孩子通过触摸感觉游戏,提升辨别图形的能力。

通过营造巧克力宝贝的故事情景,让孩子在情景中与角色进行对话和互动,从中拓展生活经验。

活动要求：

1. 感知有趣的故事内容,愿意用简单的语句表达自己的想法。
2. 尝试用多种感官探索巧克力的外形。

活动准备：

1. 故事课件 PPT,小鸡、小狗、小老鼠的立体教具各一个。
2. 不同大小和包装的圆形、长方形、正方形巧克力若干。
3. 小礼盒 12—15 个。

活动过程：

一、角色导入、引发兴趣。（出示巧克力宝贝形象）

提问:"它是谁?"（幼儿猜测）

——这是活动的导入,起到集中注意力、引发兴趣的作用。

教师小结:它是巧克力宝贝,今天要出去玩,在路上会发生什么事情呢?（引起并允许幼儿"胡思乱想"）

二、播放课件 PPT、展开故事。

（一）演示 PPT1："这是什么地方？"

——"今天天气真好，我们和巧克力宝贝一起出去玩……""走走走，走走走，我们小手拉小手。"

活动中：

孩子对色彩鲜艳的画面很感兴趣，特别是教师的提示语和朗朗上口的儿歌使孩子们立刻投入活动。

1. 插问："这是什么地方？你从哪里看出来的？"

活动中：

幼：是公园；是游乐场，有滑滑梯的。

2. 追问："是吗？除了公园和游乐场里有滑滑梯，你们还在哪里也看到过呢？"

活动中：

幼：我们幼儿园也有的。

师：是吗？原来这里是幼儿园，你们瞧它是谁？

幼：小鸡，小鸡哭了。

师：你想知道小鸡为什么哭吗？谁愿意来问问它呀？

——以角色互动的形式引导幼儿用语言进行对话，学习询问语。

幼：小鸡小鸡你为什么哭呀？（反复多次）

师：你们猜小鸡为什么哭？可能发生了什么事情？

——引导幼儿根据各自不同的生活经验展开想象。

幼：它想妈妈了；它不要上幼儿园；它生病了……

3. 教师以角色口吻小结：我想妈妈，我想妈妈。

提问："这可怎么办呢？"

——引导幼儿结合生活经验用"小鸡小鸡你别哭"的句式表达帮助小鸡。

活动中：

幼：小鸡小鸡你别哭，妈妈马上就来了；小鸡小鸡你别哭，我和你一起玩……

4. 教师讲述故事情节：巧克力宝贝看见了也来劝小鸡，小鸡小鸡你别哭，我送你一块圆圆的巧克力，幼儿园里朋友多，大家一起真快乐。

提问："巧克力宝贝送给小鸡什么？"

——引导幼儿关注形状，并能在倾听后用语言进行简单表述。

追问:"你们有没有圆圆的巧克力?"

——引导幼儿摸摸人手一个礼品袋,从中摸出圆形的巧克力。

插问:"你会对小鸡怎么说呢?"

活动中:

幼:小鸡小鸡你别哭,我送你一块圆圆的巧克力。

5. 教师以角色口吻小结:小鸡吃着圆圆的巧克力,高兴地说"真甜真甜谢谢你"。

追问:"小鸡说什么呀? 你们听到吗?"

活动中:

幼:不用谢,不用谢。

过渡:小鸡不哭了,高高兴兴上幼儿园了,小朋友再见。

(二) 演示 PPT2:"这是谁的家?"

1. 追问:"你从哪里看出来?"

活动中:

幼:小狗的家;门上有小狗的照片;房顶是红红的……

教师追问:"小狗在干什么呢? 我们一起去看看。"

——鼓励幼儿敲门并有礼貌地说:"小狗小狗快开门。"

幼:小狗生病了。

教师追问:你怎么知道它生病了?

幼:兔医生要给它打针;小狗害怕打针,它哭了。

师:你们害怕打针吗? 谁愿意来劝劝小狗?

幼:我不怕。小狗你不要哭,打了针病就会好的;打针不疼的……

2. 教师引导:是呀,巧克力宝贝也对小狗说,小狗小狗你别哭,我送你一块三角形的巧克力,打了针病就会好了。我们也找一块三角形的巧克力送给小狗,好吗?

活动中:

幼:小狗小狗我送你一块三角形的巧克力……

师:小狗吃了三角形的巧克力,现在它还会害怕打针吗?

幼:不会了。

3. 教师以角色的口吻说:谢谢你们,我现在要去打针了,再见。

（三）演示 PPT3：设问"你们听谁在哭？"

——多媒体播放、教师的提问引起幼儿再次观察画面的兴趣。

1. 点击画面，提问："小老鼠为什么哭？""有什么办法让它不哭？"

活动中：

幼：我们把它扶起来；我们给它吃巧克力……

师：这次巧克力宝贝会怎么说呢？

2. 教师以角色的口吻说：小老鼠小老鼠你别哭，我送你一块方方的巧克力，自己站起来才是勇敢的好孩子。

插问：你们听到刚才巧克力宝贝是怎么说的呀？

活动中：

幼：给它吃方方的巧克力；叫它自己站起来……

3. 追问：你们摔跤了会不会自己站起来？

幼：会……

师：你们真勇敢，那我们赶快叫小老鼠也自己站起来吧！

幼：小老鼠小老鼠，我送你一块方方的巧克力，自己站起来……

4. 提问："看，现在小老鼠怎样了？我们也来学学它的样子吧。"

——引导幼儿观察画面后扮演小老鼠，与老师进行角色对话，学说：真甜真甜谢谢你。

师生共同小结：

今天我们真高兴，和巧克力宝贝一起出去玩，遇到了想妈妈的小鸡，我们送给它一块……（这里可以等待——以引导幼儿说出形状），遇到了生病的小狗，我们就送给它一块……（继续等待——引导幼儿说出形状），遇到了不小心摔跤的小老鼠，我们就送给它一块……（再等待——引导幼儿说出形状），小动物们吃着各种形状的巧克力，高兴地说……（等待——幼儿集体学说"真甜真甜谢谢你"）。

三、品尝甜食、拓展经验。

（一）提问："你们想不想也要一块甜甜的巧克力？"

——幼儿自由选择品尝，在看看、吃吃中进一步认识形状。

插问："你吃的是什么形状的巧克力？"

活动中：

幼：我吃的是三角形的巧克力；我吃的是方形的巧克力……

师：什么味道的？巧克力怎么不见了呢？

幼：甜甜的；巧克力溶化了，没有了。

（二）讨论："你们喜欢吃巧克力吗？能不能多吃？为什么？"

活动中：

幼：不能多吃……

幼：会咳嗽，牙齿要坏的……

师：我们怎样保护好牙齿呢？

幼：每天刷牙。

师：你们会刷牙吗？我们一起来刷牙好吗？

（三）念儿歌小结："小牙刷，手中拿，我们一起来刷牙，上面的牙齿往下刷，下面的牙齿往上刷，里面的牙齿来回刷，咕噜噜，咕噜噜，我的牙齿真干净。"

反思与建议：

1. 本次活动适宜分组教学。
2. 开展角色游戏：糖果超市。
3. 进行智力游戏：图形宝宝找家。

附故事《巧克力宝贝》

有一天，天气真好，巧克力宝贝出去玩。

巧克力宝贝来到幼儿园门口，看见小鸡正在门口哭着不肯上学。巧克力宝贝对小鸡说："小鸡小鸡你别哭，我送你一块圆圆的巧克力，幼儿园里朋友多，大家一起真快乐。"小鸡拿着巧克力边吃边说："真甜真甜谢谢你。"

巧克力宝贝又往前走，经过小狗家，看见小狗生病了正躺在床上，兔医生准备给它打针，小狗吓得哇哇直哭。巧克力宝贝对小狗说："小狗小狗你别哭，我送你一块三角形的巧克力，打了针病就会好了。"小狗拿着巧克力边吃边说："真甜真甜谢谢你。"

巧克力宝贝继续往前走，看见一只小老鼠摔倒在地上哭。巧克力宝贝就对小老鼠说："小老鼠小老鼠你别哭，我送你一块方方的巧克力，自己站起来，才是勇敢的好孩子。"小老鼠拿着巧克力边吃边说:"真甜真甜谢谢你。"

巧克力宝贝把圆圆的巧克力送给了小鸡,把三角形的巧克力送给了小狗,还把方方的巧克力送给了小老鼠,心里甜甜的!

（余　泓）

有趣的盒子

活动背景：

盒子是幼儿生活中随手可及的物品，蕴藏着"大小"、"形状"、"高矮"、"功能"等信息，因此具有一定的教育价值。

整理大小不一的盒子，不仅可以培养孩子整理物品的良好习惯，而且有助于帮助孩子建构一些简单的空间概念、认知经验。

活动要求：

1. 比一比、说一说各种盒子的外形和用途。
2. 试着整理各种大小不同的盒子，体验自己动手的快乐。

活动准备：

1. 各种盒子如蚊香盒、VCD 圆盒子、VCD 方盒子、药盒子、花形饼干铁盒、饼干纸盒、餐巾纸盒（高矮各一）、喜糖盒子、三角形比萨盒、方形比萨盒、牙膏盒子。
2. 自制的套盒及大小不一的盒子（四—五套）。

活动过程：

一、说一说：我的盒子。

——这一环节是给予孩子充分表达自己原有经验的机会，教师需要引导孩子关注同伴的经验，引导孩子观察比较，并及时梳理、提升相关经验。

（一）找一找：这里有很多盒子宝宝是我们小朋友从家里带来的。找一个你喜欢的，说说你的盒子宝宝是什么样子的，里面装的是什么。

活动中：

切忌提问单一、乏味，教师要明了每一个盒子所蕴含的对于孩子来讲有价值的因素,如:高矮、大小、形状、用途、材料、数字等,引导幼儿展开相关的讨论。

师:你的盒子宝宝是什么样子的?

幼:我的盒子宝宝是装喜糖的。

师:你们看,她的喜糖盒子是什么样子的?

幼:三角形。

师:这是三角形吗? 数数看。

幼:1、2、3、4、5,5个角,是五角星。

师:你们什么时候拿到过这样的盒子?

幼:结婚的时候,是放喜糖的。

师:还有谁想说说你的盒子宝宝?

幼:我的盒子宝宝是圆形的。

幼:我的也是圆形的,我的也是……

幼:我的是装天线宝宝的。

师:是装《天线宝宝》动画片碟片的吧。

师:谁手里的盒子宝宝能和她的盒子宝宝做朋友呀?

幼:唐唐的、佳佳的……

师:为什么呢?

幼:因为都是圆形的;因为他们都是放碟片的。

师:哦! 盒子的形状一样可以做朋友,盒子里装的东西一样也可以做好朋友。

幼:我的盒子像花一样,里面装的都是药。

师:这个盒子好奇怪哦,里面有一间一间的小房子,上面还有数字。

幼:上面写着数字几,就放几粒药。

师:有点道理,最多放几粒药?

幼:7粒。

师:这些数字还有一个用处,想听吗? 有时候,这个数字1表示这是星期一吃的药。

幼:2就是星期二,还有星期三、星期四、星期五、星期六、星期天。

师：一个星期的药都在里面了，你的盒子又漂亮又有用。

幼1：我的盒子是圆形的，里面装的是饼干。

幼2：我的也是装饼干的。

师：哦，都是装饼干的，看看，他们的盒子是一样的吗？

幼：这两个盒子形状不一样。

师：对，我们来敲一敲，听听它们发出的声音一样吗？

幼：这个是铁的，这个是纸的。

师：原来都是装饼干的盒子，有的是铁盒子，有的是纸盒子。

师：你们两个一起来吧。知道我为什么叫他们两个一起上来介绍吗？

幼：因为他们的盒子都是装餐巾纸的。

师：那你们来猜一猜，哪个盒子装的餐巾纸比较多？

幼：这个装的多，因为这个盒子大一点。

师：（将两个盒子底部相对进行比较）我来比比看。

幼：不是这样比。

师：不是这样比怎么比？

孩子上前示范。（将两个盒子侧面相对进行比较）

师：哦，××的盒子高一点。

幼：××的盒子矮一点。

师：矮盒子里装的餐巾纸少一点，高盒子里装的多一点是吗？

小结：这么多盒子形状不一样，大小不一样，装的东西也不一样；有的装吃的，有的装用的，盒子盒子真有趣。

（二）分一分：你的盒子派什么用处？如果是装吃的东西，就请你把它放这边；如果是装用的东西，请你把它放那边，放好以后看看别人放得对不对。

——让孩子试着按盒子的不同用途进行分类。这个环节既是分类活动，又是整理活动，让孩子们自然地将盒子"脱手"。

活动中：

虽然小班孩子能够区分吃的和用的，但这里的分类对其原有经验有一定的挑

40

战,因为他们要从盒子用途的角度进行分类,这样的操作有助于帮助幼儿进一步理解、掌握已有经验。

师:看看放得都对吗?

幼:药盒是放吃的。

师:你们觉得应该放哪里?为什么?

幼:药也是吃的。

师:××,你为什么把药盒子放在用的这边?

幼:我觉得是用的,这药是用来涂的。

师:其实你们都没错,有些药是吃到肚子里,身体就好了,这些药盒子放在吃的这边;有些药是涂在外面的,不能吃到肚子里的,所以要放到用的这边。

——这个不确定的答案,能够让孩子建立开放的思维习惯。

师:我有意见哎,这个不对的,这是什么盒子?(牙膏盒子)

幼:泡泡娃。

师:牙膏不是也要放到嘴里的吗?它为什么不是吃的呢?

幼:牙膏是不好吃到肚子里去的。

师:那刷牙的时候怎么用它呢?

幼:放到牙刷上,用好了要吐出来。

师:我知道了,原来牙膏是对牙齿有用,不能吃到肚子里的,放这边,你们没错。真聪明!

二、猜一猜:神奇的盒子。

提问:我这里还有一个神奇的盒子宝宝,猜猜这个盒子里面是什么?

——出示自制的套盒,尽可能用幼儿常见的盒子制成。

活动中:

第一次孩子会根据自己的生活经验猜测,当打开一看并非如他们所想时,孩子们会更感兴趣。每打开一个套盒时,教师的提问方式应尽可能不同,以活跃孩子的思维。

幼:是蛋糕,圆圆的。

师:这个圆圆的是蛋糕盒子吗?好,我小心一点,打开来看看有没有蛋糕。哦,别把蛋糕弄坏了。(打开蛋糕盒子)这是什么呀?

幼:是牛奶盒。

师:圆圆的蛋糕盒子里放着一只方方的牛奶盒。这个方方的牛奶盒里会放什么呢?你想在里面放什么呢?

幼1:我想把阿童木放在里面。

幼2:我想把维尼小熊放在里面。

幼3:我想把衣服放在里面。

师:啊?这么小的盒子可以放得下衣服啊?

幼:折起来就可以。

师:看看里面是不是你们说的阿童木、折起来的衣服……(打开牛奶盒子)咦?这是什么盒子啊?

幼:是鞋盒子。

师:猜猜这个鞋盒子装的是谁的鞋子?

幼:我们的鞋。

师:为什么不能装我的鞋?

幼:因为你的鞋太大了放不下。

师:大鞋子用大盒子,小盒子放小鞋子。想不想看看里面的东西?(打开小鞋盒子)

幼:冰激凌盒子。

师:好漂亮的冰激凌盒子。可以把你们的儿童节礼物也放在盒子里,你们想放什么礼物?

幼:我想放天线宝宝;我想放枪;我的六一儿童节礼物已经买好了、我想放坦克车……

师:明天就是六一儿童节了,看看里面有没有你们的礼物?

……

师:五颜六色的盒子宝宝都来了,来了几个盒子宝宝?

幼:1、2、3、4、5、6,6个。

师:盒子宝宝的一家是怎么排队的?

幼:它们是从大到小、像条龙、像糖葫芦……

小结:盒子宝宝从大到小,一个接着一个都来了,圆圆的蛋糕盒里放着方方的牛奶盒,牛奶盒里住着宝宝的鞋盒子,宝宝的鞋盒子里躺着漂亮的冰激凌盒子,冰激凌盒子里躲着透明的豆腐盒子,豆腐盒子里藏着一个香香的香水盒子,香水盒子里还有一个小小的双面胶盒子。哈哈,盒子盒子真是太有趣了。

三、藏一藏:盒子宝宝藏起来。

(一)盒子妈妈本领大。

盒子妈妈的本领真大,把这么多小盒子都藏在里面。现在请你们帮个忙,后面有一些框,框里也有许多盒子,请找一个盒子妈妈,然后把盒子宝宝都藏进去。

——通过前一个环节的观察比较,幼儿初步感知了大小不一盒子之间的空间关系,这一环节可以帮助幼儿运用这一经验尝试着整理盒子,进一步感知盒子大小、形状等方面的不同。

活动中:

这个过程中最关键的是孩子通过目测、比较,找到盒子中最大的做妈妈。

(二)谁家宝宝最多。

你们先不要把盒子的一家拆开,等会儿我们一起看看谁的盒子家里宝宝最多。

反思与建议:

1. 活动后可以与孩子一一取出盒子,数数盒子一家有几个宝宝,谁的盒子家里宝宝最多。

2. 活动后,将大小不一的盒子投放在区角活动中,让孩子继续进行个别探索与发现,体验操作游戏的乐趣。

(何 洁)

我 的 朋 友

活动背景：

　　"我的朋友"既是指老师的朋友，当然也指孩子们的朋友，因此活动的主旨定位在：我们大家都是好朋友。

　　本活动是一个侧重于数领域的综合性活动，但情感目标也始终贯穿其中。

活动要求：

　　1. 在"认识朋友"的情境中体验并初步了解数数、总数等数概念。

　　2. 体会和老师、同伴一起游戏的快乐。

活动准备：

　　1. 将座位排成一个封闭的圆，在场地上粘贴两条直线标志。

　　2. "我的朋友"PPT 课件一组。

　　3. 塑封后贴有圆点的朋友图像若干。

　　4. 男孩、女孩、数字 6 的提示图片。

活动过程：

　　一、我的朋友多又多。

　　——在介绍朋友的过程中，师生一起点数朋友的人数并说出总数。

　　（一）认识新老师。

　　导语：尽管我们今天是第一次见面，但我们已经成为朋友了。

　　——这是活动的导入，为了能在第一时间里与孩子们产生默契，老师一边问候，一边与每一位孩子亲热地握手、拥抱。

　　提问：今天我认识了几个朋友呢？

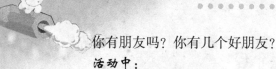

你有朋友吗？你有几个好朋友？

活动中：

小班孩子已经有了自己比较固定的朋友，因此老师应根据幼儿的回答给予不同的回应。

幼：我有**4**个朋友。

师：那么多呀！朋友多真是一件好事情。

幼（女）：我的朋友叫×××。

师：他是男孩还是女孩呢？

幼（女）：男孩。

师：对呀！不管是男孩还是女孩，我们都能成为好朋友。

（二）介绍新朋友。

导语：老师还有很多朋友呢！请允许我给大家介绍一下。

1. 第一遍演示课件。

——课件中，每一张有一个小朋友的照片，播放时可运用每隔一秒自动播放的设置。

提示：数一数有几个朋友。

活动中：

孩子们数着课件中的照片，但不能完全一一点数，尤其是播放结束了，孩子们还在继续往下数。

2. 第二遍演示课件。

提示：这一回我们要仔细地数，一张照片只能数一次，不能多数，也不能漏数。

活动中：

第二次数孩子们有明显的进步，老师此时可及时地引出总数的概念。

师：一共有几个朋友呢？

幼：**6**个。

师：对呀！数数时，数到最后一个数字就是总数了。

二、和朋友一起游戏真快乐。

——在找朋友游戏中，进一步尝试正确的数数方法。

（一）找朋友游戏一。

——这里出现的朋友图像身上有小圆点，小圆点的数量不超过6，但小圆点的排列各不相同，从而引出从上到下、从左到右的数数方法。

游戏规则：让我们分成人数相同的两队。

活动中：

孩子们自由分组，规定人数对孩子来说有一定难度。教师应引导孩子们进行调整。

师：一样多了吗？不一样多怎么办？

第一次，出示男孩、女孩图片，根据图片为朋友图像分组。

活动中：

分完组后，请孩子们自己检查，并在发现错误后自己进行修改。

幼：他是男孩，他短头发。

幼：她是女孩，她穿粉红色衣服，她是短头发的女孩。

第二次，出示数字6的提示图片，在它旁边贴上有6个圆点的朋友，其他朋友贴到没有6的黑板上。

——这里提供的朋友图像是老师事先经过精心准备的，可以把6个圆点的朋友图像设计为一种颜色底板的，便于老师进行检查。

活动中：

孩子可能会就数出的总数发生争执。老师根据孩子们的问题，归纳从上到下、从左到右的数数方法。

（二）找朋友游戏二。

——继续播放课件，课件中播放的是朋友在玩一个新游戏，通过朋友教朋友来介绍游戏规则。

游戏规则：跟随儿歌进行找朋友游戏。在儿歌结束时，根据儿歌中提示的人数，寻找朋友抱在一起。

活动中：

人数由少到多，鼓励幼儿自己点人数进行检查。

反思与建议：

1. 本活动适合异地或借班组织活动。

2. 可以进行"数一数、分一分"的游戏（根据朋友图像身上的圆点数量送其回家）。

3. 在运动中可以进行"找朋友"游戏，一边念儿歌《找朋友》，一边根据儿歌中朋友数量的变化，找到相应数量的朋友抱一抱。

附一　儿歌《找朋友》

> 黑黑的眼睛，圆圆的头，
> 红红的嘴巴，能干的手，
> 嘿嘿！你是我的好朋友。
> （两个朋友抱一抱。）

附二　朋友图像

制作朋友图像时，可以选用准备介绍的新朋友的照片进行制作。

（黄敏君）

小熊醒来吧

活动背景：

《小熊醒来吧》这个故事短小而富有情趣,渗透了同伴间的关爱之情,蕴涵着浓浓的亲情、友情。

借助故事情节中的一次次对话,朋友们一次次地叫醒小熊的过程,能激发幼儿主动对话的积极性。

借助多媒体,让幼儿在具体、形象、生动的画面展示中,在听听、猜猜、看看中想出各种叫醒小熊的办法,促进幼儿语言和思维的发展。

活动要求：

1. 感受有趣的故事情节,乐意想出叫醒小熊的各种办法。
2. 尝试用短句说说有关故事的内容(对话),激发对妈妈的爱。

活动准备：

多媒体课件,烤香肠实物。

活动过程：

一、情景导入。

提问:

(一)(播放多媒体课件中的森林小屋背景)今天天气真好,我们一起到森林里去玩,好吗?

(二)(播放小熊睡觉的呼噜声)这是什么声音? 会是谁在打呼噜呢?

——这是活动的导入部分,重点是引起幼儿兴趣,通过播放多媒体、听小熊睡觉的呼噜声,引发幼儿对声音、符号(呼噜声)的关注和思考,激发幼儿参与活动的兴趣。

48

活动中：

小班的孩子对呼噜声一时会辨别不出,可能会根据自己的经验或想象来回答,所以老师可以增加一些辅助性的提问：

师：你听到了什么声音?

幼：打雷。

师：这声音是从什么地方发出来的?（引导幼儿看多媒体上呼噜声的符号）

幼：小屋子里。

师：屋子里会有什么声音呢?（如果幼儿仍然听不出,老师可以在现场模拟打呼噜）

幼：是打呼噜的声音! 我爸爸就是这样打呼噜的……

师：真的吗? 会是谁在打呼噜呢? 我们一起到小木屋里去看看吧!

二、小熊醒来吧。

（一）播放多媒体课件,出现小熊的家。

提问：

1. 屋里有谁? 小熊在干什么?

2. 太阳都升得很高很高了,小熊怎么还不起床呢? 谁会来叫醒小熊呢?（播放小鸟飞的旋律）

——老师讲述故事的语气非常重要,要用自己的情绪来带动幼儿的情绪,激发幼儿想把小熊叫醒的愿望。

活动中：

幼：我们把小熊叫醒吧!

师：小动物们也很着急,都想把小熊叫醒,谁会来叫醒小熊呢?

幼：狮子、老虎、长颈鹿……

师：听,谁来了?

（二）小鸟呼唤小熊。

提问：

1. 你们听到了什么声音?（播放多媒体课件）

——让幼儿听听、猜猜小动物的声音,可以巩固幼儿对动物叫声的感知认识。

2. 真的是小鸟,小鸟飞来了,小鸟的叫声真好听。小鸟说小朋友好,你们起得真早,你们起床以后干什么呢?

——将学习内容与幼儿生活联系起来,一方面可以引导幼儿联系自己的生活经验说说起床以后干些什么,另一方面为接下去学着运用短句来叫醒小熊做铺垫。

活动中:

幼:要刷牙、洗脸;要到幼儿园去、做早操;要坐车子……

3. 你们觉得小鸟会对小熊说什么?

——在引导中,老师如果发现幼儿语句比较单一,可以借用个别幼儿的语言或生活中的词汇来启发。

活动中:

幼:小鸟说:"小熊,快起床了!"

师:对呀,小鸟和××小朋友想的一样,要和小熊一起做运动呢!"小熊,快起床吧! 我们一起做运动!"

幼:小鸟说:"小熊,快起床了! 幼儿园要关门了!"

幼:小鸟说:"小熊,快起床了! 快吃早饭了!"

……

4. 谁来做小鸟,拍拍翅膀飞来叫醒小熊?

——让幼儿边说边做动作,与小熊进行互动。

活动中:

孩子边做小鸟飞的动作,边用语言叫醒小熊。

师:小熊醒了吗? 哎呀,小鸟没有叫醒小熊。

(三)小兔呼唤小熊。

提问:

1. 又有一个朋友来了,它是谁呢? 我们猜一猜,它长着长长的耳朵,红红的眼睛,短短的尾巴,走路一蹦一跳的,它是谁呀?(播放多媒体课件)

——用猜谜的方式来呈现小兔,让幼儿对小兔的特征有进一步的了解。

2. 我们来做小兔,学小兔跳!(带领幼儿学兔跳)

——老师带领幼儿模仿小兔的动作,可以满足小班幼儿的学习欲望。

3. 小兔有什么好办法叫醒小熊呢? 谁来做小兔叫醒小熊?

——由于已经有了前期小鸟叫小熊的经验,老师要鼓励一些能力较弱的幼儿来说，鼓励他们大胆表达。

　　4. 我们和小兔一起叫小熊起床吧！"小熊小熊快起床了！"

　　——从个别幼儿到全体幼儿一起叫醒小熊，不仅是形式的变化，还会带动活动的现场气氛。

　　5. 小熊醒了吗？小兔也没有把小熊叫醒。这可怎么办呀？

　　（四）大象呼唤小熊（屏幕上出现大象的鼻子）。

　　提问：

　　1. 你们猜，这又会是谁呢？你怎么知道是大象呢？

　　——呈现物体的局部让幼儿猜测物体的名称，对小班幼儿来讲具有挑战性。

　　活动中：

　　师：你怎么知道是大象呢？

　　幼：大象的鼻子是长长的，会卷起来的……

　　师：是大象吗？（播放多媒体课件）

　　2. 大象伯伯的长鼻子是怎样的？带领幼儿学做大象的长鼻子。

　　——和幼儿一起模仿大象的长鼻子甩一甩，还可以模仿大象走路重重的声音。

　　3. 大象伯伯甩着长鼻子也来叫小熊了，大象讲话的声音是怎样的？

　　活动中：

　　幼儿可能一下子讲不出大象说话的声音的特征，老师可以稍作解释地追问：大象讲话的声音是粗粗的呢，还是细细的？

　　幼：粗粗的。

　　师：什么是粗粗的声音？谁会用粗粗的声音说话？

　　孩子可以自由模仿大象用粗粗的声音讲话。

　　师：大象讲话的声音是响响的呢，还是轻轻的？

　　幼：响响的。

　　师：我们一起来学学大象，用响响的、粗粗的声音叫小熊——"小熊小熊快起床了！"

　　4. 小鸟、小兔和大象都没有叫醒小熊，这可怎么办呀？

　　三、小熊醒来了。

　　（一）熊妈妈来了（播放多媒体课件），我们猜一猜，熊妈妈会用什么办法叫醒小熊?

追问:早晨,你的妈妈是怎么叫你起床的?

——回归幼儿生活,引导幼儿联系自己的生活经验来介绍,让幼儿通过同伴间的交流来拓展一些叫醒小熊的办法。

活动中:

师:我们来猜一猜,熊妈妈会用什么办法叫醒小熊?

幼1:小熊,快起床了!要拿不到红牌子了!

幼2:小熊小熊,快点起床了!不要睡懒觉了!

师:想一想,早晨,你的妈妈是怎么叫你起床的?

幼:妈妈说:"快起床了!快到幼儿园去了!"

师:妈妈除了用嘴叫你,还有什么别的办法让你醒吗?

幼1:妈妈把灯一开,我就醒了。

幼2:我是小闹钟把我叫醒的。

幼3:妈妈亲亲我,我就醒了。

……

(二)我们来看看,熊妈妈想出了什么好办法(拿出烤香肠)。

1.追问:这是什么?(闻一闻)好香呀!你们吃过烤香肠吗?它是什么味道的?

2.熊妈妈说:"我的小熊最喜欢吃烤香肠了!"熊妈妈拿香肠给小熊闻一闻,你们猜,小熊会醒吗?听一听熊妈妈是怎样叫小熊的?(教师扮演熊妈妈的口吻叫小熊:"我的小宝贝,快醒来吧!")

追问:熊妈妈是怎样叫小熊的?我们和熊妈妈一起来叫小熊吧。

——让幼儿重复熊妈妈叫醒小熊的话,可以帮助幼儿体会妈妈对宝宝的爱。

3.小熊醒了吗?(播放多媒体课件)哦,小熊终于醒来了!

追问:为什么熊妈妈轻轻叫小熊,他就醒了呢?——问题对小班孩子来讲有难度。

妈妈的小宝贝是谁?那你们是谁的小宝贝?——容易,且幼儿易体会。

4.原来,熊妈妈把小熊最喜欢吃的烤香肠给小熊闻一闻,又轻轻地叫了一声,小熊马上就醒来了!熊妈妈知道小熊最喜欢吃烤香肠了。

追问:你们最喜欢吃什么呀?妈妈会做什么好吃的东西给你们吃呢?

——让幼儿说说妈妈平时为自己做的一些好吃的东西,在回忆中进一步感受妈妈对自己的爱意和亲情。

(三)小结:妈妈每天陪伴在宝宝身边,知道宝宝最喜欢吃什么,最喜欢做什么,宝宝的每一件事妈妈都知道,妈妈是最爱宝宝的!

反思与建议:

1. 可以将故事改编为表演游戏,引导幼儿参与活动。

2. 可以将故事绘制成大图书放在区角中,让幼儿边看边讲述。

3. 可以在区角中投放小熊、小鸟、小兔、大象等指偶材料,让幼儿学习讲述故事或者改编故事。

附故事《小熊醒来吧》

早上,熊妈妈很早就起来干活了,小熊还在睡觉。

鸟儿飞来了,叫:"小熊起床了!"小熊没听见。

小兔来了,叫:"小熊起床了!"小熊还没听见。

大象来了,叫:"小熊起床了!"小熊还睡着。

熊妈妈回来了,拿出烤香肠让小熊闻一闻,轻轻地说:"我的小宝贝,快醒来吧!"

小熊醒来了!

(林红杰)

大 树 和 小 鸟

活动背景：

　　孩子们喜欢在树下听故事、拾树叶、捉迷藏，小鸟喜欢在大树上唱歌、做窝，大树是他们的好朋友。

　　大树是什么样子的？大树为什么能站在地上不倒下？孩子们对树的认知是零星的，但又充满了好奇，"小熊画大树"的情境正从孩子的兴趣出发，简单形象地回答了这个问题。

　　扮演小鸟飞来飞去，孩子们在和大树的游戏中感知方位，体验快乐。

活动要求：

　　在游戏中了解树的外形特征，感知上、下、前、后的方位。

活动准备：

1. 各种树的大图片（柳树、梧桐树、松树）若干，操作板。
2. 可操作的大树教具一份。
3. 大树道具若干。
4. 小熊玩具一个。
5. "小鸟和大树"的游戏音乐带。

活动过程：

一、介绍大树。

（一）一样的树。

　　师：（出示小熊玩具）有只小熊很喜欢画画。春天到了，它想为大树画张画，可是它忘了大树是什么样的了。孩子们，大树是什么样子的呢？

1. 幼儿自由说说大树是什么样的。

——教师创设语言情境,激发幼儿说的兴趣。

2. 师:周围有很多树的照片,大家去看看。

3. 幼儿四散看照片,观察大树。

——活动中,教师可提问:大树有些什么? 引导幼儿观察树的不同部分。同时教师要根据幼儿生活经验选择常见树的图片,促使幼儿在观察中引发经验和兴趣,同时了解一些常见树的名称。

活动中:

一部分幼儿能说出柳树和松树这两种特征明显的树的名称。对树的基本特征的认知则很零散,树叶是最熟识的,树枝和树干容易混淆,树根基本没有幼儿发现。

4. 交流讨论,了解树的基本特征。

● 拿一张自己喜欢的大树图片上来,说说大树是什么样的。

——关注更多的幼儿,以"谁喜欢的大树和他是一样的?"、"找找你的大树,树干在哪里?"、"你的大树有没有树叶?"等问题,引发幼儿间的生生互动,满足幼儿表达的愿望,激发幼儿学习的主动性。

● 教师边听幼儿讲述边画出大树的相应部分,最后完成一棵完整的树。

——教师边讲边快速地画出大树的基本特征,帮助幼儿巩固获得的新经验。

活动中:

幼儿每说到大树的某一部分时,教师除了肯定或给予正确的名称外,还借助拟人化的比喻帮助幼儿理解。如幼儿说:"这是树叶。"教师说:"对,这是树叶,是大树的头发";幼儿说:"这是树干。"教师说:"是,树干就是大树的身体。"幼儿始终没有关注到树根。于是教师问:"大树就是这样站在地上的吗? 它不会倒吗?"幼儿说:"它有脚的。"教师又问:"脚在哪里呢?"个别幼儿说:"在泥土里。"因为平时生活中树根大多是看不见的,所以,教师事先在教具的准备上设计了可翻折的环节,揭开"泥土"部分的图纸,出示树根。幼儿一看,高兴地说:"树根在这里。"教师说:"哦,大树有树根,就像它的脚一样,牢牢地站在泥土里。"

● 小结:哦,小熊知道了,每棵大树都有树干、树枝、树根,还有许多树叶。

(二) 各种各样的树。

1. 提问:这些大树都一样吗,哪里不一样?

——教师可以用"哪个是树哥哥,哪个是树弟弟? 为什么? 你怎么知道的?"这样形象的提问引发幼儿观察思考,发现其不同。

2. 幼儿说说。

活动中:

幼:大树有的高,有的矮。

师:哦,就像我们小朋友一样也有高有矮。

幼:树干有的粗,有的细。

师:我们身上什么也是粗粗的? 什么也是细细的?

幼:手指细细的、腿粗粗的……

师:还有什么不一样?

幼:大树的形状不一样,有的是圆的,有的是三角形的……

师:哦,这叫树冠,就像大树的帽子一样,树冠的形状不一样。

——师生互动中注重引导幼儿与自身的生活经验联系起来,便于幼儿理解高矮、粗细等概念。

3. 小结:原来,大树的高矮、粗细、形状都不一样,你喜欢哪一棵树? 不管什么样的树,瞧,都有小朋友喜欢,小鸟也是很喜欢树的。

二、游戏"小鸟和大树"。

(一)学学小鸟飞:花园里有三棵很大很大的树(出示教具)。看,谁来了? 鸟妈妈来了,你们愿意做小鸟吗?(双手大拇指交错钩住,其余四指做飞舞动作)你的小手真像小鸟的两个翅膀。

——鼓励孩子运用手指的动作表现小鸟,既能满足小班幼儿自我欣赏的愿望,也使活动的操作更为简单,能自如地表现上、下、前、后的方位,同时锻炼幼儿手部小肌肉的灵活性。

(二)(放音乐)教师带领幼儿听音乐,随"鸟妈妈"飞一飞,知道上、下、前、后。

——游戏中,优美的情景音乐为幼儿营造了宽松的氛围,幼儿通过自主地模仿小鸟飞的动作,展现愉悦的心情。同时教师用语言提示幼儿"谁会像鸟妈妈一样飞在树的上面、下面……",帮助幼儿建立方位的概念。

(三)"小鸟"按上、下、前、后的指令要求,停在树上。

(四)师:请小鸟们到处飞一飞,音乐一停,小鸟就停在大树上,可以是大树的上面、下面……可不能掉下来哦。

——教师在活动中可以问"谁在大树的上面……",帮助幼儿巩固对方位的认知。

（五）再次听音乐做游戏。随意"飞"到树的不同方位,说说自己"飞"在哪儿。

教师鼓励幼儿说说自己停在大树的哪里,以此来帮助幼儿学说方位词。

——从听语言信号做动作,到自主做动作,然后用语言描述,充分考虑了幼儿的年龄特征和学习特点,层层递进。

反思与建议：

1. 图书角提供图书,并配合《小熊画大树》的故事课件,开展故事欣赏活动。
2. 区角里开展拼贴大树的活动。
3. 日常活动中,给予幼儿一些简单的指令"躲在桌子下面"、"藏到钢琴后面"等,或者做做"小手跑到脑袋上"、"小手藏到背后"的游戏,发展幼儿的方位感知能力。

（顾菊萍）

小兔和小猫

活动背景：

动物是小年龄孩子最感兴趣的话题。

所以，借用游戏情节，引导孩子用语言、肢体等表达对小动物的喜爱之情。

所以，通过游戏方法，引导孩子在帮助自己喜欢的动物朋友的过程中，在去动物家做客、学学小动物、给小动物送礼物等环节中，对动物数量、特征进行观察、分析，找寻事物的一些基本规律，获得粗浅的知识。

活动目标：

说说小猫和小兔爱吃的东西，进一步巩固对小猫、小兔特征的认识，体验帮助小动物的快乐。

活动准备：

1. 小兔、小猫的家，森林背景，马路场景。
2. 小拉车（和幼儿人数相等）。
3. 猫、兔哭叫声音的磁带。
4. 萝卜、青菜、蘑菇。
5. 幼儿打扮成司机的模样。

活动过程：

一、音乐游戏"开汽车"。

（一）小司机们，我们一起开着汽车去森林里玩吧。（进入游戏情景）

（二）幼儿在场地内玩开汽车的音乐游戏。（音乐附后）

（三）森林到了，这里有两幢房子，你们猜猜是谁的家？

活动中：

幼：小兔的家；小猫的家。

师：你们为什么说是小兔、小猫的家？（引导幼儿仔细观察）

幼：房子上有长耳朵……有胡须……

师：长耳朵的动物会是谁？有胡须的动物会是谁？

幼：是小白兔……是小猫……

（四）不知小猫在家吗，我们一起敲门。

——引导幼儿敲门并问候，学习交往用语。

笃笃笃，笃笃笃，小猫小猫你在家吗？

笃笃笃，笃笃笃，小兔小兔你在家吗？

（五）师：小猫、小兔都不在家，我们先去做游戏。

二、猜猜说说。

（一）小兔可能到哪里去了？

——引导幼儿发挥想象，猜一猜、说一说。

活动中：

幼：小兔可能拔萝卜去了；找妈妈去了……

（二）小兔长什么样？小兔是怎样走路的？

——引导幼儿说出小兔的特征，学学小兔走路的样子。

（三）小兔肚子饿了，它喜欢吃什么？是怎样吃的？

小结：原来小兔长着长长的耳朵、红红的眼睛、短短的尾巴、白白的毛，走起路来蹦蹦跳跳。它爱吃青菜、萝卜、蘑菇。

（四）小猫可能到哪里去了？

活动中：

幼：小猫钓鱼去了……抓老鼠去了……学爬树……

（五）小猫长什么样？它是怎样走路的？（引导幼儿说说小猫的外形特征）

（六）小猫肚子饿了，它喜欢吃什么？

小结：原来小猫长着长长的胡须、大大的眼睛，走起路来轻轻的。它爱吃鱼。

三、送礼物。

（一）谁在哭？（放兔、猫哭的录音）

活动中：

幼：可能是小兔、小猫。

师：它们为什么哭？

幼：饿啦……真可怜……

师：小猫、小兔在哭了。我们每个人都做驾驶员，拉着小拉车，装上小猫、小兔喜欢吃的东西去看看它们。

（二）提出选送礼物的要求。

你喜欢小猫就带上小猫爱吃的东西，喜欢小兔就带上小兔爱吃的东西，两个都喜欢都可以送，但是不要送错。送礼物的时候，你要告诉小猫、小兔送的是什么。

（三）幼儿自由送礼物。

——大部分幼儿能按要求送礼物，也有个别幼儿会随意拿、随意送，因此需要教师仔细观察，及时提醒、纠正。

（四）小猫、小兔真开心，说："谢谢小朋友！"现在我们和小猫、小兔一起做游戏吧。

（封茂华）

快乐蛋宝宝

活动背景：

借助多媒体与孩子们进行互动游戏"蛋宝宝里钻出谁"，帮助幼儿简单了解有些动物是卵生的。

"给蛋宝宝穿花衣"这一情节可以诱发幼儿运用手中不同的工具进行大胆的玩色游戏。

活动要求：

初步了解有些动物是由蛋孵化出来的,萌发喜欢小动物的情感。

活动准备：

1. 从"我是从妈妈肚子里生出来的",引出"小动物从哪里出来"的话题。
2. 通过各种途径,幼儿初步了解一些动物的习性特点。
3. 自制蛋宝宝的动画 FLASH。
4. 红、黄、绿、圆形、正方形、三角形色纸。
5. 三个蛋宝宝(头上贴三色几何图形)。
6. 相关背景音乐。

活动过程：

一、看看、猜猜"蛋宝宝里钻出谁"。

——幼儿观看动画,师生与动画互动,激发幼儿表达的热情。

(一) 蛋宝宝里钻出一只小鸡。

提问：今天有小客人和我们一起玩,你们看是谁来了?(蛋宝宝)

来了一群蛋宝宝,数一数有几个?

活动中：

师：(FLASH出现第一个蛋宝宝)咦，来了一个蛋宝宝，猜一猜蛋宝宝里可能会钻出谁？

幼：小鸡；小鸭……

师：还会有谁？

师：是吗？有这么多的小动物都有可能从蛋宝宝里出来，那到底是谁，我们一起来喊，小鸡小鸡快出来！

(师幼一起喊猜测中的小动物。)

师：(FLASH操作蛋壳破裂，出现小鸡的部分特征)到底是谁呀？

幼：小鸡，小鸡！

师：哪里看出来的？

幼：尖尖的嘴，细细的小爪子。

师：是呀，蛋宝宝真有趣，钻出一只小小鸡。

(二)蛋宝宝里钻出一条蛇。

1.(FLASH出现第二个蛋宝宝)这也是一个蛋宝宝，这次蛋宝宝里面可能会钻出谁？(鼓励幼儿运用已有经验猜测)

活动中：

幼：是乌龟；是小猫……

2.(蛋壳破裂，出现蛇的部分特征)蛋宝宝里会钻出谁？(小蛇)为什么说是蛇？

活动中：

幼：看到细细长长的尾巴；身上有花纹；长长的……

师：真的是小蛇吗？我们也来叫它，看看小蛇是不是也会从蛋宝宝里钻出来。小蛇小蛇快出来！

师：真的是小蛇呀。蛋宝宝真有趣，钻出一条小小蛇。

(三)蛋宝宝里钻出一只小乌龟。

1.(FLASH出现第三个蛋宝宝)你们猜猜，这只蛋宝宝会钻出谁？

2.(FLASH操作蛋壳破裂，出现乌龟的背)蛋宝宝里钻出谁？(小乌龟)为什么说是小乌龟？

活动中：

幼：圆圆的；看到大大的背；有硬硬的壳……

师：真的是小乌龟呀。蛋宝宝真有趣，钻出一只小乌龟。

师小结：你们喜欢蛋宝宝吗？蛋宝宝真有趣，钻出一只小小鸡；蛋宝宝真有趣，钻出一条小小蛇；蛋宝宝真有趣，钻出一只小乌龟。

3. 除了这些小动物，还有哪些小动物也是从蛋里面出来的？

鼓励幼儿大胆表述，教师及时引导。

二、自主操作"给蛋宝宝穿花衣"。

（一）（蛋宝宝的哭声）听，谁在哭？是蛋宝宝。蛋宝宝，蛋宝宝，你为什么哭呀？（蛋宝宝：我太冷了，小动物们出不来了。呜——）

（二）原来，蛋宝宝太冷了。我们一起帮蛋宝宝想想办法。

——引导幼儿运用已有经验为蛋宝宝想办法。

活动中：

幼：我给他戴围巾；穿衣服……

（三）我们去找和蛋宝宝身上颜色、形状相同的衣服为蛋宝宝穿上。

引导幼儿自主寻找和蛋宝宝身上相同形状、颜色的几何图形，贴在蛋宝宝身上。

小结：蛋宝宝穿上暖和、漂亮的衣服就会有小动物出来。

过几天，我们再来看看蛋宝宝里还会有什么小动物钻出来。

反思与建议：

1. 观察区中提供大小、颜色不同的蛋宝宝，请幼儿比较、辨认。

2. 区域中创设按蛋宝宝颜色、形状分类的游戏。

（封茂华）

狐狸和小鸡

活动背景:

《狐狸和小鸡》是自编的故事。故事中的小鸡因为贪玩离开了集体,遇到了狡猾的狐狸,幸亏鸡妈妈及时赶到,才救下了小鸡。这个故事特别适合小班下学期的孩子阅读。在活动中,先通过情景导入,引出主题——小黄鸡离开了大家会发生什么事情?然后借助多媒体以及大图书,共同观察小黄鸡离开集体后发生的一系列事情。最后在游戏中增强幼儿不随便离开集体的意识。

活动要求:

1. 在看看、讲讲过程中,能较仔细地观察小黄鸡和狐狸的表情、神态,理解小鸡被骗后又获救的有关情节。

2. 能大胆地想象故事中的情节空白点,知道外出时不要随意离开集体。

活动准备:

大图书《狐狸和小鸡》一本、多媒体课件一份、音乐磁带。

活动过程:

一、情景导入——引出小黄鸡因贪玩离开集体的情节。

(一) 鸡妈妈(老师)带着小鸡们(孩子们)做游戏。

——多媒体播放森林的背景以及欢快的音乐。

活动中:

师:孩子们,快点和妈妈到森林里做游戏吧!

(鸡妈妈随着音乐和鸡宝宝做游戏)

师:有没有看到我的小黄鸡?(鸡妈妈焦急地询问鸡宝宝们)

幼：没有看到！

（二）演示多媒体课件，小黄鸡独自在草地上玩。

幼：小黄鸡在草地上。

师：我们快点把小黄鸡叫回来。

师幼：小黄鸡快回来！

幼：小黄鸡听不到。

师：小黄鸡离开了我们，在草地上玩会发生什么事？（让幼儿自由猜测）

幼：野猫会来吃它；会有大灰狼……

师：小黄鸡离开了大家到底会发生什么事呢？我们一起看看大图书。

二、观察理解——大胆想象故事情节中的空白点。

（一）幼儿阅读多媒体图书第2—4幅。

活动中：

师：孩子们，你们看到了什么？

幼：我看到天上黑的云，还打雷了。

师：天上黑黑的云叫什么？

幼：乌云。

师：说得真好。天上乌云密布，还电闪雷鸣呢！（老师尽量用成语或形容词小结图片的内容，给孩子一种语言的示范）

师：小黄鸡怎么啦？

幼：小黄鸡"呜呜"地哭了起来。

（老师请幼儿用表演的方式体验乌云密布、电闪雷鸣时小黄鸡的表情、动作，这样能让幼儿更好地理解故事。）

师：小黄鸡遇到了谁？

幼：狐狸，狐狸要吃它的。

追问：你怎么知道狐狸要吃它？

（引导孩子观察狐狸的表情：眯着一只小眼睛，流着口水。让幼儿猜测狐狸到底是帮小鸡还是骗小鸡。）

（二）幼儿自主阅读大图书第5幅。

活动中：

师：现在看明白了吗？狐狸是帮小鸡还是骗小鸡？

幼：骗小鸡。

追问：从哪里看出来？

幼：狐狸抓住小鸡，小鸡在哭。

追问：猜猜狐狸这时候会怎么说？

幼：小鸡，你就当我的点心吧……

(老师请个别孩子来表演狐狸抓住小鸡的情节。小班孩子最喜欢表演，用表演的方式不仅能培养孩子大胆表现的能力，更能帮助孩子理解故事。)

师：那可怎么办，我们快想个办法救小黄鸡？

幼：我请大象伯伯……

师：谢谢你，你真聪明。

幼：我打电话给黑猫警长……

师：真了不起，想到那么好的办法。

幼：让熊爸爸来打狐狸。

(老师让孩子大胆想象，体验帮助小黄鸡的快乐。)

(三)幼儿自主阅读大图书的最后2幅。

活动中：

师：谁救了小黄鸡？

幼：松鼠！

师：是怎么救的？

幼：用松果扔狐狸。

师：狐狸怎么啦？

幼：眼前有星星。

师：对呀，狐狸眼冒金星了。

幼：我看到狐狸的头上有个"w"。

师：你能到上面的图片上来指一指吗？

师：观察得真仔细，狐狸的头上起了一个血红的……

幼：狐狸摔倒在地上。

师(指着图片)：它是怎么摔的？

幼：手脚都向上。

师：对,狐狸四脚朝天。

(老师用成语小结孩子们观察到的内容,并让孩子用动作体验,使之对这个成语更理解。)

师：瞧,狐狸结果怎么啦?

幼：逃跑了;逃走了,下次再也不敢来了。

三、听听讲讲——再次体验故事,感悟道理。

(一) 完整欣赏故事。

活动中：

师：故事好听吗? 我把这个好听的故事再讲给大家听好吗?

(鼓励幼儿能跟着老师讲讲、演演。)

(二) 演示多媒体课件,播放哭泣的小黄鸡(伴有哭的声音)。

师：小黄鸡觉得很难过,谁愿意来安慰安慰它?

幼：小黄鸡别哭,下次你不要离开妈妈了;别哭别哭,你以后要听妈妈的话……

(让孩子感悟故事中的道理并用安慰小黄鸡的方式表现出来,此法特别适合小班幼儿。)

(三) 快乐游戏。

活动中：

师：妈妈又要带大家做游戏了。不过,我有一个要求:你们要紧紧地跟着妈妈,可不能随便离开大家哦!

在音乐游戏中结束活动。

(在游戏中帮助孩子再次感悟故事的主题。)

反思与建议：

1. 将头饰放入表演区,让孩子戴上头饰表演故事,进一步理解故事内容。

2. 将故事的图片画下来,让孩子排序并讲述。

3. 这个活动可以在外出春游、实践活动前进行,让孩子懂得不能随便离开集体,否则会出危险的道理。

(徐 雯)

过 夏 天

活动背景：

夏天,幼儿会接触火辣辣的阳光、冰凉的冷饮、甜滋滋的西瓜、清澈见底的游泳池……以及很多与夏天生活有关的物和事。

在集体教学中,教师可以帮助幼儿梳理零星的、个别的有关夏天的经验。

讲故事的方法不仅能引起幼儿学习的兴趣,更能巩固他们关于夏天的一些关键经验。

活动要求：

1. 了解夏天的生活用品以及简单用途,知道可以想办法让自己在夏天过得更舒服。

2. 乐意在集体面前大胆表达自己关于夏天生活的一些经验。

活动准备：

1. 请家长引导幼儿观察夏天生活中发生的一些变化。

2. 一些夏天的生活用品。

3. 超市的游戏情景。

活动过程：

一、你喜欢夏天吗?

(一) 全体幼儿念儿歌《夏天到》。

——这是活动的导入,直接引出将要讨论的话题内容,活跃气氛。

(二) 经验交流：你喜欢夏天吗?

活动中：

教师在黑板上贴一张大纸,一边画个"笑脸"表示喜欢夏天,另一边画个"苦脸"

表示不喜欢夏天。当幼儿说出各自喜欢或不喜欢夏天的理由时,教师马上用相应的图案和符号表示出来。

　　幼：喜欢夏天,夏天可以穿裙子。(教师在"笑脸"这边画条裙子)

　　　　不喜欢夏天,夏天太热了。(教师在"苦脸"这边画个太阳)

　　(三)教师用儿歌的形式小结幼儿喜欢夏天的理由。

　　二、一起想办法。

　　(一)幼儿在"小超市"选择夏天的用品。

　　夏天有那么多我们喜欢的地方,可是也有一些我们不喜欢的地方,我们一起来想想办法！我们的小超市里有很多东西,有……,有……,去看看,选一样能帮助我们夏天过得舒服点的东西。

　　——教师在"小超市"事先准备一些夏天的用品,数量上能确保每位幼儿选择一样,并有多余。

　　活动中：

　　教师观察幼儿选择的情况,个别询问幼儿所选物品的名称和用途。

　　(二)幼儿介绍自己所选的用品。

　　——幼儿介绍时的用词和语句,可能不规范、不完整,教师要在幼儿回答的基础上帮助规范。

　　活动中：

　　幼：我选的是扇子,扇子可以扇风的。

　　师：夏天的时候,扇扇子,会有风,可以让我们感觉凉快些。

　　幼：我选的是帽子,戴在头上的。

　　师：这是太阳帽,夏天太阳火辣辣的,头上戴顶太阳帽,可以舒服点。

　　(三)教师小结：不管喜欢或是不喜欢夏天,我们都可以想办法让自己过得舒服点。

　　三、教师自编故事《过夏天》,可将幼儿所选择的办法编进故事内容中。

反思与建议：

　　1. 在美工区引导幼儿为扇子添画,体验自己动手的快乐。

　　2. 生活中继续帮助幼儿积累有关夏天生活的经验。

(徐　瑾)

夏 天 的 声 音

活动背景：

声音，对于用感官感知周围世界的小班孩子们最为熟悉。

夏天，大自然中有各种各样的声音供孩子们探索。

集体活动可以把师生共同对声音的探索表达表现出来。

活动要求：

1. 积极尝试用不同的方法制造声音。

2. 欣赏散文《夏天的声音》，展开想象，体验大自然声音的美妙。

活动准备：

1. 各种能发出声音的日常用品，如塑料袋、装着不同数量豆子的瓶子、晾衣服的夹子、报纸、饼干筒等。

2. 录有大自然声音的CD或磁带。

活动过程：

一、听声音。

（一）教师播放大自然的声音：你听到了什么？

——这是活动的导入，吸引孩子最快地投入活动，切入主题。

活动中：

教师注意引导孩子完整地表达。为了帮助别的孩子注意倾听，教师可以鼓励孩子用象声词模仿听到的声音。

师：你听到了什么？

幼：我听到了下雨的声音。

师：怎样的声音是下雨的声音呢？

幼：淅沥淅沥,哗哗……

师：你感觉哪种声音雨下得大？（引发幼儿将声音与生活经验联系）

（二）教师总结：我们用自己灵敏的耳朵听到了淅沥淅沥下小雨的声音,哗啦啦下大雨的声音,轰隆隆打雷的声音……我们周围有那么多有趣的声音。

二、制造声音。

（一）引导孩子看看已经准备好的材料：刚才我们用耳朵听声音,现在我们用手试一试,让这些物品发出声音。

——由听声音自然转入用教师提供的材料制造声音。

活动中：

1. 鼓励孩子探索不同的方法使物品发出声音。

师：你怎样使报纸发出声音？

幼：搓一搓。

师：还有什么方法能让报纸发出声音？一定行,试一试。

幼：撕开来。

……

2. 在指导过程中,教师还需要通过提问引发孩子对制造出的声音与自然声音进行联想,但这样的提问不宜过多,重点在探索制造声音。

师：你感觉你想办法发出的这个声音像什么？

幼：像打雷。

（二）总结幼儿制造声音的不同方法,同一种声音可以有不同的制造方法。

（三）再次鼓励幼儿自由选用材料制造声音、大胆联想。

活动中：

1. 鼓励孩子尝试不同的材料。

2. 引导孩子产生联想。

师：你感觉发出的这个声音像什么？

师：你能弄出下小雨的声音吗？

（四）鼓励幼儿大胆表达自己的联想：你制造出了什么声音？像什么发出的声音？

三、美妙的声音。

师生合作,随着散文《夏天的声音》的情节展开制造相应的声音,体验声音的美妙。

活动中:

教师讲到"天边传来了打雷声",示意刚才用筒做出此类声音的孩子们发出声音;"雷声越来越响"可以示意孩子声音大些,再做一个暂停的手势示意孩子不发声音;"不一会儿,嘀嗒嘀嗒,下起雨来了,先是小雨,你听",示意孩子用手中的材料发出小雨的声音,"雨越下越大"再示意孩子发出大雨的声音……

附散文《夏天的声音》

夏天的傍晚,池塘里的荷花姑娘正展开自己粉红色的衣裙,随着微风轻轻摆舞。呱呱呱,啾啾,青蛙、小虫子在岸边的草丛里欢唱。忽然,呜——呜——,不知从哪里刮来了一阵大风,紧接着,乌云遮住了天空。你听,天边传来了打雷声,雷声越来越响。不一会儿,下起雨来了,先是小雨,你听,淅沥淅沥的,雨越下越大,哗啦啦,哗啦啦,还夹着雷声,轰隆隆,眼前像挂起了一层白纱帘子。过了一会儿,雨声小了,淅沥淅沥,嘀、嗒、嘀、嗒……最后雨停了,天边亮起了夜晚第一颗星星,天气凉爽多了,夏天的夜晚来临了。

(最好能根据散文画出图片;朗诵散文时播放一段有虫鸣声的轻音乐便于带着孩子进入意境。)

(袁晶晶)

中班

搬 新 家

活动要求：

用肢体动作表现劳动的情景,感受音乐节奏、力度的变化,体验搬新家的快乐。

活动准备：

1. 孩子有与"我爱我家"主题相关的经验。
2. FLASH 课件,《劳动最光荣》、《吉祥三宝》旋律录音磁带。
3. 孩子画的房子 PPT 课件。

活动过程：

一、跳跳玩玩。

教师和孩子一同跳律动操《大头儿子小头爸爸》。

——通过律动表演,激发孩子参与活动的积极情感。

导语:大头儿子和小头爸爸最近遇到一件很高兴的事儿,让我们听着音乐表演他们高兴的样子吧!

二、听听做做。

(一) 演示 PPT 课件,引出搬新家。

1. 你们猜猜,大头儿子和小头爸爸为什么这么高兴?

活动中,发散性的问题让孩子的回答妙趣横生,生活经验得到共享。

幼:他们坐飞机到海南去过了;可能是买了一个新的玩具……

2. 结论:原来是大头儿子小头爸爸要搬新家了。

(二) 出示乱糟糟的家画面,引起大扫除的愿望。

——通过画面激发孩子想帮助大头儿子小头爸爸一起大扫除的愿望。

活动中:

师：新房子怎么会这么乱呢？那可怎么办呢？

1. 我们跟着音乐来进行大扫除吧！

——教师在这里解析孩子的肢体动作，要有明确的解析方向。擦窗可以解析空间和姿态，吸尘着重解析肢体表达的不同方式，拖地板倾向提升生活经验。

活动中，幼儿跟着音乐用动作表现劳动的情景，教师进行个别动作的解析，可以追问：

你在干什么？你是怎么拖地板的？还有什么地方要拖？

玻璃窗的上面擦不到怎么办？为什么要擦得这么快？

2. 出示收拾干净的房间画面，用哼唱形式小结：我们今天大扫除，真呀真高兴。你擦窗来我拖地，房间变干净。

（三）出现搬家卡车画面，引出搬家情景。

画面上有各种大型家具和小家电，暗示孩子听辨不同性质的音乐，达到音乐性质和肢体动作的和谐匹配。

1. 提问：猜猜先搬了什么？

活动中：

听低沉、缓慢的音乐，讨论怎样表现搬大大、重重的东西。

听轻快、跳跃的音乐，讨论表现搬小小、轻轻的东西的动作。

2. 他们可能在搬什么家具？这个家具重不重？要几个人帮忙？谁愿意来试一试？

3. 出示漂亮的新家，用哼唱形式小结：你搬我搬大家搬，家具放整齐。大家一起来劳动，新家更美丽。

4. 教师表演舞蹈。

三、唱唱乐乐。

夸夸唱唱由《吉祥三宝》改编的歌曲《我们的新家》。

附一 《劳动最光荣》

1=C 2/4

| 5 1 | 1 5 | 6 6 5 | 3 5 1 3 | 2 - | 5 1 | 1 5 | 6 6 5 | 5 3 2 5 | 1 - ‖ |

今天　我们　大扫　除，真呀　真高　兴。　你擦　窗来　我拖　地，房间　变干　净。

你搬　我搬　大家　搬，家具　放整　齐。　大家　一起　来劳　动，新家　更美　丽。

附二 《我们的新家》

宝贝,这是我们的新家吗?（是的）
我们的新家美不美呀?（美的）
我们的新家大不大呀?（大的）
你们喜不喜欢我们可爱的新家?（喜欢）

（严　蕾）

动 物 的 影 子

活动背景：

因为动物是孩子们最感兴趣的,所以利用多媒体创设了一个与动物朋友"捉迷藏"的游戏情景,使孩子能更加仔细地观察、比较一些常见动物的外形特征和生活习性,拓展相关的认知经验。

因为中班孩子已经积累了一些常见动物的认知经验,所以借助"动物的影子",让孩子从抽象到整体感知动物,从影子判断具体动物,获得观察学习的方法。

活动要求：

1. 根据动物影子寻找相应的动物,进一步了解动物的明显特征和生活习性。
2. 有观察、发现、比较的兴趣,乐意表达自己的想法。

活动准备：

1. 幼儿已有在太阳下和影子做游戏的经验。
2. 树林背景图,小兔、小鸡、小鸭、蜗牛四个小动物的影子(每张影子可点击放大、验证)的PPT多媒体课件。
3. 四块树林背景图的塑料板,每块板分开摆放,上面有小动物的影子。
4. 幼儿人手一张塑封的小动物图片卡。
5. 有关小兔、小鸡、小鸭、蜗牛小动物的模仿音乐。

活动过程：

一、分享交流、再现经验。
提问:"你喜欢什么动物? 为什么?"

——开放式、发散性的问题能激活孩子的思维,激起孩子积极表达的欲望。

活动中:

孩子从各自的喜好、理解角度发表个人的想法,教师可以稍作解释地追问:

师:你喜欢小猫什么呢?

幼:捉老鼠。

师跟问:小猫是怎样捉老鼠的? 你来学一学好吗?

师:原来你是喜欢小猫会捉老鼠的本领……

教师小结:刚才么多小朋友讲了喜欢动物的理由,有的喜欢动物们可爱的样子,有的喜欢动物们有趣的本领……

二、情景导入、感知特征。

(一)演示课件PPT:今天森林里有一群动物朋友想和我们玩"捉迷藏"游戏,它们是谁呢? 它们躲在哪里? 我们一起去找一找吧。

——播放多媒体时,教师应引导幼儿耐心、仔细地观察画面。

活动中:

孩子对色彩鲜艳的画面和黑色的动物影子很感兴趣,一看到就七嘴八舌地说了起来。教师可先让孩子相互交流、自由表达,然后引导幼儿一一有序地观察,并进行讨论。

1. 提问:你找到了谁? 它躲在哪里?

活动中:

幼:我看到了小兔,在小树后面。(教师可以先引导幼儿观察小兔,这对幼儿来讲比较容易讲述其特征。)

2. 追问:你怎么知道是小兔呢? (难)

或者:从哪里看出来是小兔? (容易)

活动中:

幼:长耳朵;短尾巴……

师:我们大声地把小兔请出来。

幼:小兔小兔,快出来吧! (点击小兔影子使它变成有色彩的小兔)

小结:小兔小兔真可爱,长长耳朵短尾巴,走起路来蹦蹦跳。

——鼓励幼儿跟着学念儿歌并用肢体动作模仿小兔,在模仿中进一步学习领会儿歌内容。

(二)继续观察,提出问题:还有哪些动物朋友我们还没找到?

活动中:

幼:蜗牛。

追问:哪里有蜗牛?我怎么没看见?

幼1:在草地上,它的头上有耳朵。

幼2:它的头上长眼睛,它的背上还有一个壳……

追问:是吗?蜗牛背上的壳有什么用呢?

幼:人家碰它,它会缩起来的。

师:大家一起来学学好吗?

(以模仿、互动游戏的形式引导幼儿表现蜗牛缩起触角的样子。)

追问:还有哪些动物背上也有壳?

幼:乌龟、螺蛳、螃蟹、寄居蟹……

师:草地上躲着的到底是不是蜗牛呢?(点击蜗牛影子)

跟问:你们找对了,真的是蜗牛,这长长的是蜗牛的什么呢?

(丰富触角这一相关经验,引导幼儿比较自己的眼睛和蜗牛的眼睛长的位置有什么不同,进一步感知动物外形特征的可爱。)

小结:蜗牛蜗牛真可爱,眼睛长在触角上,身背一个硬壳壳,慢慢悠悠往前爬。

——引导幼儿用肢体动作模仿蜗牛长长的触角,学着跟念儿歌。

(三)观察比较,引发思考:刚才有小朋友说看到小鸡和小鸭,那么小鸡和小鸭躲在哪里呢?

活动中:

幼:石头后面……

师:为什么你们觉得这里躲着的是小鸡和小鸭?(点击小鸡和小鸭的影子)

幼1:小鸡嘴巴尖尖的……

幼2:小鸭嘴巴扁扁的……

追问:除了嘴巴,还可以从哪里看出它们是小鸡和小鸭呢?

幼3:小鸡头上有鸡冠的……

幼4：小鸡的脚像树枝是分开的，小鸭的脚上连起来的……

教师小结：我们可以从上往下看，小鸡小鸭的头、嘴巴、身体和脚长得不一样。

——教师的小结旨在教会幼儿有序观察事物的方法。

跟问：你们知道吗？为什么小鸭的脚趾都连起来呢？

幼：小鸭会游泳的，小鸡不会……

师：原来小鸭脚趾连起来的叫蹼，当小鸭在水里游泳时，蹼就像船桨一样帮助小鸭划水。

小结：小鸡小鸡真可爱，嘴巴尖，脚爪细，唱起歌来叽叽叽。

小鸭小鸭真可爱，嘴巴扁，走路摇，水里游，嘎嘎叫。

——引导幼儿边模仿动物边学念儿歌，借助儿歌帮助幼儿进一步建立有序观察事物的意识。

三、配对游戏、迁移经验。

(一)出示树林背景图，介绍游戏"动物找影子"。

师：树林里，有哪些动物朋友的影子呢？

——激发孩子将观察、比较的经验运用到游戏中，重点从影子的局部特征判断具体动物。

(二)幼儿自由选择一个小动物进行配对游戏，教师巡视观察。

活动中：

师：你找到了谁的影子，你是怎么看出来的？

幼1：我找到孔雀，这是开屏的样子。

幼2：我找到小狗，它会吐舌头的。

幼3：我找到大象，这是它的长鼻子。

——教师要注意引导幼儿从动物影子的具体特征上进行判断，关注幼儿判断推理的合理性。

(三)根据游戏中出现的问题，集体解决或验证。

——进一步加深对其他动物特征的了解，拓展认知经验。

反思与建议：

1. 在区角活动中开展动物拼图游戏，进一步巩固对动物外形特征的认识。

2. 开展智力游戏"动物的花花衣"或"找影子"。

3. 收集有关动物的信息，如动物的本领、有趣的动物等，进行分享交流。

（余　泓）

幸福是什么

活动背景:

六一儿童节快到了,"怎样庆祝自己的节日"这个话题产生了。在谈话中,孩子们围绕的话题都是买礼物、外出游玩、吃喜爱的零食等等。这引起了我的忧虑:现在的孩子生活在一个幸福的时代,优越的生活使他们只习惯于享受而不懂得付出。长此以往,将导致孩子缺少同情和关爱,不懂得与人分享自己的快乐和幸福。为了给孩子一些这方面的情感培养,我开展了这样一次活动。

活动要求:

1. 在对"幸福是什么"的讨论中,理解感受自己生活中的幸福。
2. 能同情和关爱弱者,乐意与人分享自己的幸福。

活动准备:

与故事配套的动画或图片、三毛录像片等。

活动过程:

一、听故事《幸福是什么》。
二、交流讨论。
提问:动物们都说了他们的幸福,那你们的幸福是什么?
活动中:

幼:我的幸福是得到一辆遥控汽车;我的幸福是到翻斗乐去玩;我最喜欢吃肯德基,每次妈妈带我去吃,我就感到很幸福……

——孩子的话题果然是围绕着吃吃玩玩,享受别人给予自己的爱和幸福。

师:你们每人都有自己的幸福,个个都是快乐幸福的人。

三、继续听故事。

提问：刚才故事里还有一个动物没有说出自己的幸福是什么？是谁呀？

活动中：

师：故事里谁的幸福和别人不一样？

幼：小猴的幸福和别人不一样；小猴给长颈鹿倒茶，让长颈鹿得到幸福。

师：小猴的幸福和别人怎么不一样？

——这里老师的跟问目的是引出孩子对这种"不一样"的认识。

幼：小猴不是要自己幸福；长颈鹿幸福了小猴就幸福了；小猴把别人的幸福当成自己的幸福……

师：我们有谁能像小猴一样把别人的幸福当成自己的幸福？

——老师引导孩子们积极地回忆自己曾经如何帮助小伙伴的。通过回忆叙述，孩子们内心不知不觉地开始接受了这种幸福观，承认这也是一种幸福，而且是一种受人赞赏的幸福。

四、观看三毛录像。

活动中：

师：这里有一个和你们一样大的孩子，你们认识他吗？我们一起来看看他需要什么幸福？

——有个别孩子流泪，也有一些孩子没反应。

幼：三毛没有鞋子穿，我有很多鞋子，可以送给他；三毛肚子饿，我想送给他好吃的东西；三毛没有妈妈，很可怜的；你又不能把妈妈送给他；我可以让妈妈把他带到家里来呀！

——这些谈话反映出孩子富有同情、乐于付出的善良本性。

师：在福利院就有像三毛这样的孩子，你们愿意帮助他们吗？你想怎么帮助他们？请把你的打算画在纸上，然后再和爸爸妈妈商量决定。

活动延伸：

六一节去社会福利院，给那里的孩子送去礼物和关爱，度过一个幸福而有意义的儿童节。

反思与建议：

考虑到是中班孩子，先用故事引出，浅显易懂地让他们理解什么是幸福，然后通过将三毛的童年生活与自己的童年相比较，让孩子在感受自己幸福生活的同时产生对三毛的同情。

当孩子看了三毛录像片之后，有的孩子流下了同情的泪水，但也有孩子不能完全感受三毛的痛苦生活。原因是三毛的社会背景是解放前，离开现代幼儿的生活太遥远。可以直接用福利院儿童生活的录像片，更具有时代性，易于幼儿的情感沟通。

值得一提的是，六一节的那次福利院活动，让孩子亲身体验到与人分享幸福的快乐，真正体会到让别人幸福自己也会幸福的感受。

附故事《幸福是什么》

树林里有一座漂亮的房子，那是小猴的家。小猴十分可爱，每天都会有许多朋友到他家里做客聊天。

这天，来了小兔、山羊、青蛙和长颈鹿，他们一起聊天，聊着聊着就聊到了"幸福"的话题。幸福是什么呢？

小兔说："我的幸福是到蘑菇地里采满满一篮子蘑菇。"

山羊说："我的幸福是吃到嫩嫩的青草。"

青蛙说："我的幸福是在荷叶上同伙伴们一起唱歌。"

长颈鹿长长地叹了口气："如果有一天，我能像你们那样舒舒服服地坐下来喝杯茶，那样就很幸福了。"原来，长颈鹿的脖子很长很长，每次喝水都非常困难，要趴下两条前腿，再把头往下低，好不容易才能喝到水。

大家问："小猴，你的幸福是什么？"小猴说："长颈鹿的幸福就是我的幸福。"说完，小猴让长颈鹿坐在一个高高的椅子上，托起一杯香茶，顺着长颈鹿的脖子爬上去，把茶送到了长颈鹿的嘴边。长颈鹿就这样坐着舒舒服服地喝到了一杯香茶。

（陈　炜）

肚子里的家

活动背景：

　　妈妈，孩子生活中的重要人物，他们的最爱。

　　让孩子知道自己在妈妈肚子里的秘密，了解怀孕时妈妈的辛苦和生活中妈妈的辛苦，可以更好地激发孩子爱妈妈的情感。

活动要求：

　　知道宝宝在妈妈肚子里的秘密，了解怀孕妈妈的辛苦，激发幼儿关心妈妈的情感。

活动准备：

　　1. 邀请一位怀孕的老师。

　　2. 幼儿体验做怀孕妈妈，并拍摄照片。

　　3.《在妈妈肚子里》录像。

　　4. 环境布置"大肚子的妈妈"，将妈妈怀孕时的照片与幼儿体验做怀孕妈妈拍摄的照片布置在版面上。

　　5. 纸、笔。

活动过程：

一、在妈妈肚子里。

（一）看看谁来了？我们欢迎杨老师。（杨老师坐的小椅子换成大椅子）

杨老师的肚子大了是因为里面有了一个小宝宝。

——杨老师的出现给了孩子直观的感受。

活动中：

老师起身将自己坐的大椅子给杨老师坐,身体力行地让孩子知道要照顾怀孕妈妈,为活动铺垫情感。

(二)猜猜小宝宝是弟弟还是妹妹?

——加深孩子们与怀孕妈妈的亲近感。

(三)小宝宝在妈妈的肚子里做些什么事情呢?我们来猜一猜。

——将孩子的关注点转向怀孕妈妈肚子里的秘密。

活动中:

幼:吃饭;小便;打拳击……

孩子的猜测更多地会从自身的活动出发,表述会从较详细的事情开始,往往冗长、拖沓,老师应该心中有数,及时地捕捉孩子话语中"做些什么事情"的信息。

(四)这里有段录像,我们来看看宝宝在妈妈肚子里做什么?

——老师的记录可以帮助孩子回忆,了解简单的科学知识,并让他们学习记录的方式。

活动中:

幼:宝宝在妈妈肚子里睡觉。

师:是啊!妈妈的肚子像个摇篮,宝宝住在里面,睡得香香甜甜。

幼:宝宝还在妈妈肚子里吃饭。

师:妈妈的肚子像个大大的西瓜,宝宝住在里面,吃得甜甜蜜蜜。

……

小结:是啊!妈妈的肚子像个摇篮,宝宝住在里面,睡得香香甜甜;

妈妈的肚子像个大大的西瓜,宝宝住在里面,吃得甜甜蜜蜜;

妈妈的肚子还像一个小小的屋顶,宝宝在里面住得安安稳稳……

妈妈的肚子真像一个温暖的家!宝宝在里面快快乐乐地长大!

——这样的小结,穿插于交流互动过程中会更自然、感人。

二、不一样的妈妈。

(一)宝宝在妈妈肚子里开开心心,妈妈是不是也很开心?

(二)我们前几天也做过妈妈了,肚子里有宝宝和没有宝宝有什么不一样?(幼儿四处走动,边看自己做怀孕妈妈的照片,边向同伴介绍)

——因为经历过带着大肚子一日活动的经历,因此这样的感受更真实。

(三)直接问杨老师,了解怀孕妈妈更多的辛苦。

创设情境,帮助杨老师捡拾掉在地上的钢笔等。

——情境创设可以直观怀孕妈妈的不方便,同时也是体验如何关心怀孕妈妈。

活动中:

孩子们抢着替老师捡笔,还让老师坐好、别动。显然,他们了解了怀孕妈妈的辛苦,知道要照顾好怀孕妈妈。

(四)妈妈是怎么照顾肚子里的宝宝的?

——有了怀孕老师的当场答疑,有了体验者的亲口诉说,孩子们自然就了解得更多。

活动中:

幼:妈妈一直吐,还要拼命吃,因为要给宝宝营养。

师:是啊!只要宝宝健康,妈妈吃了吐,吐了再吃,真辛苦!

幼:妈妈的肚子好大,睡觉时压得妈妈睡都睡不着,但妈妈还要赶快睡,因为宝宝也要休息。

师:对的,王老师怀孕的时候就是这样,怎么也睡不着。

(孩子的表达可能很零星,但老师要抓住孩子的话,让他们充分感受到妈妈的辛苦与对宝宝的关爱)

小结:妈妈大肚子的时候,原来喜欢做的事情不能做了,不喜欢吃的要吃了……

大肚子妈妈一直在照顾着自己的宝宝!

——这样的小结,情绪饱满,激起孩子的情感共鸣。

三、我的好妈妈。

我们在妈妈肚子里的时候,妈妈一直照顾我们,现在,妈妈又是怎么照顾我们的呢?

——了解了怀孕妈妈的辛苦,再从"现在"的角度来了解妈妈的辛苦。

活动延伸:

幼儿记录"妈妈在家怎么照顾我"。

反思与建议：

　　除了记录了解妈妈的辛苦外，还可以鼓励孩子为妈妈做力所能及的事情，表达对妈妈的爱，让情感落脚在爱妈妈的行动中。

（王红裕）

我们的鼻子

活动背景：

    鼻子是幼儿熟悉的身体器官之一。

    鼻子在日常生活中非常重要，对此，幼儿也有一定的经验。

    借助本次活动，可以让孩子对鼻子有进一步的关注与了解，感受并发现一些在生活中容易忽视的、有关鼻子的有趣事情。

活动要求：

    1. 了解鼻子有呼吸与嗅觉的主要功能，体会其重要，知道要保护好自己的鼻子。

    2. 乐意在同伴面前表达自己的想法和经历。

活动准备：

    醋、辣、无味的水，人手一根搅拌棒，纸杯、塑料杯若干，课件 PPT。

活动过程：

一、引出对鼻子的感受。（播放 PPT 一组照片）

提问：它像什么？（逐步出示鼻子全图）

我们的鼻子在哪里？

为什么大家都需要一个鼻子？

——根据幼儿的回答，引导幼儿讨论鼻子的主要功能是呼吸与嗅气味。

二、感受、发现鼻子的特殊功能。

（一）鼻子的呼吸。

提问：鼻子有个了不起的本领，是什么？

活动中：

师：感受呼吸,有没有感觉? 你感觉到了什么? 这气是从什么地方来的?

幼：这里有气的;会到肺里去……

(二) 鼻子的嗅觉。

活动中:

师：你闻过哪些气味?

幼：我闻过香的。

师：什么东西是香的?

幼：妈妈的香水;肥皂;饭菜很香的;我的香香很香的……

师：除了香味还闻过什么气味?

幼：我闻过臭味,还有酸味。

(三) (出示装有各种气味的杯子三个)今天我带来一些杯子,里面的气味很特别,谁来闻一闻,都有些什么气味?

——这时幼儿可能全部闻出,可能只闻出其中一二,老师可根据幼儿的反映及时调整活动方案。对不同材料设计不同的提问,使幼儿对这些材料有进一步的理解。

提问：(水)有没有气味? 没有气味的会是什么东西?

(辣)哪个杯子里装的是辣味? 辣辣的会是什么东西呢?

——问题的答案具有不确定性,会让幼儿产生好奇、探究的兴趣。在认真感受后,幼儿会根据自己的感知作出不同的判断。

提问：(醋)这个酸酸的是什么?

我们平时什么时候会用到醋? (难)

醋可以用来做什么? (易)

活动中:

幼：吃馄饨的时候;吃螃蟹会蘸醋;鱼骨头卡住的时候可以用醋的……

师：鱼骨头卡住喉咙还是到医院更合适。

——活动中可以根据幼儿的反应拓展其相关经验:醋在日常生活中是很多见的,而且除了食用,还有其他作用。

小结：气味是不同的,有的酸,有的香,有的辣,有的无味。鼻子本领真大,能闻各种气味。

三、保护自己的鼻子。

提问：你的鼻子有没有不舒服的时候，它什么时候会不舒服？

活动中：

幼：我有鼻炎；感冒的时候有鼻涕；鼻子会流血的……

师：你能说说流血的原因吗？（难）

你的鼻子怎么会流血的？（易）

小结：现在大家都知道鼻子的本领了，它可以呼吸，闻气味。我们都离不开自己的鼻子，一定要好好保护自己的鼻子，不然它就不愿和我们做好朋友。

四、不同鼻子的趣味特征。

（播放 PPT 一组照片，观看不同人种的鼻子或者戏剧中的鼻子造型）

提问：这里有些有趣的鼻子，你见过吗？知道它们的故事吗？

反思与建议：

1. 日常活动中可玩游戏"贴鼻子"。
2. 创设生活区"辨气味"，说说各种调味品在生活中的用途。

（吴佳瑛）

我们的鞋子

活动背景：

　　鞋子是孩子们生活中必不可少的日常用品之一,各种各样的鞋子给我们的生活带来了方便。

　　随着孩子的渐渐长大,他们不断更换着日渐不合脚的鞋子。同时,在与家长的沟通中,在观察孩子们的游戏中,发现他们非常向往能穿大人的大鞋。但是,一双合适的鞋子对孩子脚的健康成长却是非常重要的。

活动要求：

　　了解各种各样的鞋,体验穿合适鞋的乐趣。

活动准备：

　　1. 准备棉鞋、靴子等各一双。

　　2. 孩子各自从家中带一双大人的鞋子(这些鞋子可以是不同材料、不同季节穿的)。

　　3. 准备若干个鞋架,配有不同类别的鞋样标志及相应的文字卡(皮鞋、布鞋、塑料鞋、鞋子)。

　　4.《大鞋和小鞋》歌曲磁带。

　　5. 各种新式鞋子的图片。

活动过程：

　　一、看看鞋子。

　　(一) 今天每个人都从家里带来了一双鞋子(出示字卡"鞋子"),现在请大家介绍你带来了谁的鞋,是什么鞋?

——孩子们一起观察各种鞋子,了解鞋子的不同类型。

活动中:

幼:这是我妈妈的高跟鞋;这是我爸爸的皮鞋;这是爷爷的雨鞋……

师:这是我家宝宝的拖鞋。

——如果幼儿只说:"这是妈妈穿的",老师可引导:"这是什么样子的鞋?"幼:"高跟鞋。"老师小结:"哦,这是妈妈的高跟鞋。"

(二)小结:这里有爷爷的布鞋、阿姨的雨鞋、还有……,鞋子的种类可真多呀!

二、穿穿鞋子。

(一)我们来穿大人的鞋好吗?

1. 穿上大人的鞋子,走一走,跳一跳,跑一跑,看看有什么感觉?

——在自己穿大鞋子的体验中,感受穿着大鞋子的不方便。

活动中:

动作可以是兔跳、蛙跳、小马跑、追老师等。

(背景音乐《大鞋和小鞋》)

2. 穿上大人的鞋有什么感觉?

——内在的体验化作直白的言语,可能孩子的表达并不准确,却很真实。

活动中:

幼:很重;穿不牢……

(当幼儿表达完时,老师可以手拿大鞋,唱歌曲的第一段。)

(二)换上我们自己的鞋子。

现在我们穿上自己的鞋子有什么感觉?

——在比较中让孩子感知穿合适鞋的舒适。

活动中:

(同样地跑跑跳跳)

幼:很轻的;穿得牢,脚脚不会出来的……

(老师可以唱歌曲的第二段)

小结:穿鞋子一定要穿合脚的鞋子,这样才舒服,活动起来也方便。

(三)说说自己喜欢的鞋。

1. 其实,鞋子有各种各样的,除了这些鞋,你家里还有什么鞋?

——拓展孩子对鞋子种类的认识。

2. 在你家的各种各样的鞋子中,你最喜欢哪双鞋子?

活动中:

幼:我喜欢高跟鞋,穿裙子很好看的。

师:高跟鞋要等你长大以后才可以穿,不过每个女孩都梦想有一双高跟鞋的。

幼:我喜欢篮球鞋,因为姚明也穿这样的鞋。

小结:在不同的时候,我们会穿上不同的鞋子。

三、整理鞋子。

(一)鞋子分类。

看,那边有个鞋架,每个鞋架上都有相应的汉字标志(布鞋、皮鞋、塑料鞋)。大家仔细看一看,你的鞋子应放在哪里?

——尝试将各种鞋子按照材质来分类。

活动中:

布鞋、皮鞋比较直观,孩子马上就能区分;对塑料鞋不太认识,可以用排除法。

在以后的活动中,可以放置一些不同材质的鞋子,使孩子在触摸、观察中加深认识。

(二)数鞋子。

鞋子都放到了架子上。现在我们一起来数数每个架子上有几双鞋子。

——融合一些数的元素。

四、皮鞋的故事。

(一)听故事了解鞋子的来历。

在很久以前,有一个国家,大家日子过得富有而幸福。可是,这个国家的路面上到处都是小石头,害得大家的脚被戳破流血。国王心疼,命令宰了牛,将牛皮铺在道路上。可是全国的牛都杀了,还是不够铺路。

一个聪明人说:“不如将牛皮裹住脚,免得受伤。”哦! 这样就有了皮鞋。

后来,设计师将皮鞋设计得千姿百态。

(二)欣赏鞋子图片。

——各种新异的鞋子丰富了孩子们的知识。

(三)我们一起来设计各种更新颖的鞋子!(延伸至区角活动)

反思与建议：

1. 在区角里提供不同的鞋子，让孩子尝试按材质、季节、性别等分类。
2. 学着设计各种新颖的鞋子，发展幼儿的想象力。

（王红裕）

果　核

活动背景：

　　正值秋季,孩子们在家和幼儿园里已经品尝了不同的水果,他们对橘子、石榴、柿子等特别感兴趣。

　　孩子们虽然天天吃水果,但是他们并不关心果核,认为是废物,要扔掉的。于是我想通过果核这一活动来拓展幼儿的原有经验,同时培养其自主探索和倾听能力。

活动要求：

　　1. 在找找、看看、说说、做做中,自主探索果核的秘密。
　　2. 在交流中能注意倾听,听懂别人的意思。

活动准备：

　　1. 活动前组织幼儿去果园摘橘子。
　　2. 各种果核、水果。
　　3. 有关故事内容的图片。

活动过程：

　　一、出示果核,引发兴趣。

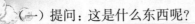

（一）提问：这是什么东西呢？

——教师应该耐心倾听幼儿的议论。

活动中：

幼1：呀，是垃圾。

幼2：不对，是核，是籽。

幼3：这是苹果核，我在家看到过的……

（二）引发想象：这些都是果核，它们长得怎样？像什么呢？

——提供孩子们想象的空间。活动中，他们把柚子核想象成小麦和玉米，把柿子核想象成扁豆和小船，把龙眼核比作黑珍珠，最有趣的是他们把最常见的苹果核比作眼泪、甲虫、蚂蚁等12种不同的东西。

（三）游戏活动"果核找家"。

师：这些果核的家在哪里？去找找它们的家。

（幼儿手拿果核，自由配对）

（四）设问引疑：果核有用吗？

——虽然孩子天天吃水果，但是对于果核还是没有留意，知之甚少。

活动中：

幼：我们要扔掉的；给农民伯伯喂猪的；可以种的……

师：果核到底有什么用处，请一个小组的小朋友一起到图片上去找答案。

二、看懂图意，了解果核。

（一）分组读图，寻找答案。

辅助提问：树上的苹果和地上的苹果一样吗？

小鸡有什么变化？为什么呢？

活动中：

幼1：一只是小鸡，一只是鸡爸爸。

幼2:不对,这是同一只小鸡,现在它长大了,所以变了。

(二)教师有表情地讲述故事。

——"果核有用吗?"这一问题能引起幼儿积极地思考,仔细地观察和想象。采用小组形式可以让幼儿生生互动,交流各组对图意的不同理解。在幼儿小组探索的基础上,教师的故事讲述可以帮助幼儿验证对图片的认识。

师:现在,你们知道果核的用处了吗?

三、剥开果核,探索果核。

(一)操作讨论:原来果核都是有用的,我们找找这些果子是否都有果核?

活动中:

幼儿有的剥,有的咬,有的切,有的请别人帮助一起找果核,并自由议论起来。有的说怎么果核长在这么里面的,真麻烦。有的说,你柚子这么大,怎么核还没有我柿子的大,真奇怪。

——在寻找果核的过程中,教师可以让幼儿比较不同水果中果核的数量,使比较抽象的数概念与实物自然结合;也可以把剥下的果核从大到小进行排列,比较大小、颜色和形状等。

师:为什么这些果核都在中间呢?

幼:为了吃起来方便;怕果核掉了,没有宝宝了;在洗的时候不会掉下来……

——孩子们根据自己的经验交流着,只要解释合理,教师不要轻易否定。

(二)交流找到的果核:看看是谁的宝宝?

——这一环节通过幼儿动手剥剥、找找,亲自体验和积累感性的经验,自然而有效。

四、自由结伴,继续探索。

师:现在你可以根据自己的兴趣去找找果核的家,看看找对了吗?你也可以看看图片,讲讲故事。

——根据幼儿兴趣自由结伴,满足需求,使幼儿在与同伴的互动中产生新的兴趣点,可为后续活动铺垫。

反思与建议:

1. 在角色游戏中开设水果店。

2. 在区域活动中,继续观察比较果核的不同,进行果核与水果的匹配游戏。

附故事

秋天到了,苹果树上结满了苹果,秋风轻轻一吹,苹果随风轻轻地摇摆。突然,一个苹果从树上掉了下来,正好落在小鸡的身边。小鸡问:"你怎么啦?"苹果说:"我长大了,熟透了,所以掉了下来。"

过了几天,苹果渐渐变成茶色了,软软的,像一摊泥。小鸡着急地说:"你生病啦?"苹果说:"不,我已经是苹果妈妈了,我正在腐烂,好让宝宝钻进泥土里,生根发芽。你明年再到这里,就能见到我的孩子了。"

第二年,原来的小鸡变成了神气的小公鸡,他没有忘记和苹果妈妈的约定。他再来时,发现在原来的地方已经长出了一棵小苹果树了。

（金晓燕）

果子熟了

活动背景:

秋天来了,各种各样的水果吸引着孩子们的视线。"这是橘子,我们家有的。"
"这个柿子我昨天吃过的。"……于是,活动也就开始了。

活动中,让孩子在品尝水果、体验乐趣的同时,养成探索的学习习惯,积累排序、
比多少等知识。

活动中,让孩子知道水果里有核,而且大小、数量、位置等都不一样,使数学习回
归实际生活。

活动要求:

在品尝、观察、交流、倾听中,比较发现各种水果有不同的核,体验探索的乐趣。

活动准备:

1. 幼儿收集各种水果(橘子、龙眼、石榴、猕猴桃、鲜枣等)。
2. 故事书《籽儿吐吐》,故事《蜗牛和苹果》PPT 课件。
3. 环境创设:各种水果、水果图片。
4. 水果篮、盛放核的盒子。

活动过程:

一、导入:水果有核吗?

(一)(故事书《籽儿吐吐》)小猪在吃什么?发生了什么事情?怎么会的?

(二)(故事书《籽儿吐吐》)他们在吃什么?桌子前有什么不一样?籽到哪里去
了呢?

(三)胖小猪搞不清楚西瓜、桃子里面都有核的。

——诙谐有趣的画面,引起了幼儿观察的兴趣,让孩子感知水果里是有核的。

(四)你们吃过的水果有核吗?

——将孩子的视线从故事转移到生活,转移到自己的体验。

活动中:

幼1:我也吃过桃子,里面有核的。

幼2:我吃的桂圆里也有核。

二、品尝:好吃的水果。

(一)我准备了许多水果,想不想吃?

(二)要求:一边吃一边找核,找到了吐在盒子里。看谁吃得快,找得快。

(三)幼儿自选水果品尝,将核吐在盒子里。

——鼓励孩子多吃几种水果,找到不同的核。

活动中:

孩子容易只顾吃而忘了其他,老师要及时提醒孩子诸如卫生习惯等。好习惯的养成在于点点滴滴的积累。

三、交流:水果有不同的核。

(一)你吃了哪几种水果?它们有核吗?

——水果与相应的核匹配,知道这些水果都有核。

(二)选一个你最喜欢的核宝宝,只拿一个,要保护好你的核宝宝哦!

——要求幼儿"保护好",也是为了减少掉落等因素。

(三)大家来看看,这些水果的核都一样吗?

——引导幼儿在看看、比比中,发现核的颜色、大小、样子、数量、位置都是不一样的。

活动中:

孩子的交流可能是零星的,老师要心中有底,围绕颜色、大小、样子、数量、位置来讨论。

老师的提问语可以是"龙眼核黑黑的,还有什么水果的核也是黑黑的"、"枣子的核两头尖尖的,像什么呢"、"石榴核小小的,还有什么水果的核也是小小的"等等。

老师还可以整合数的元素:"比它大的有吗?""谁的核最大? 谁的核最小?"

老师在活动过程中不要忘了适时小结:"水果核的颜色是不一样的。""不同的水果,里面核的多少也不一样。"

小结:原来,水果里都有核,有的在中间,有的在周围,还有的到处都是,这些秘密现在我们都知道啦!但是,我们可不要像胖小猪一样,让自己受伤哦!

四、欣赏:水果核的故事。

(一)我们知道了水果核的秘密,想不想听一个关于核的故事。

(二)播放故事《蜗牛和苹果》PPT 课件。

(三)故事让我们懂得了一件什么事?

小结:这是一个苹果核变成苹果树的故事,原来苹果核可以变成苹果树。西瓜、桃子的核也有故事,其他水果的核还有什么故事呢?

——故事的内容不必重述,重点让幼儿知道苹果核能变成苹果树即可,还要鼓励孩子再去寻找或创编相关的故事。

提问:(猕猴桃)它有核吗?

(香蕉)它有核吗?

反思与建议:

活动后,可以在区角里投放各种水果:

1. 找找水果的核,比较它们不同的大小、数量、样子、颜色、位置。

2. 提供各种水果,制作水果拼盘或者拌水果色拉。

3. 鼓励幼儿创意绘画"水果玩具"。

附故事《蜗牛和苹果》

"叭!"一个苹果从树上掉下来,正好落在蜗牛家的菜园里。蜗牛好高兴,立刻和苹果成了好朋友。

一天早晨,蜗牛一起床,立刻爬到菜园里,"嘿,苹果,我刚才梦见你做了我的新娘子!"蜗牛大声对苹果说。但是蜗牛发现,苹果身上有一大块皮变成了难看的茶色,原来苹果病了。"你别害怕,我马上去叫乌龟医生来救你!"蜗牛说着,立刻朝乌龟医生家爬去。

蜗牛爬呀爬呀,终于来到了乌龟医生的家,蜗牛说:"乌龟医生,救命啊,我的新娘子生病了!"正在吃午饭的乌龟一听,立刻背起药箱,和蜗牛一起出发。傍晚的时候，他们来到了蜗牛的菜园。这时，苹果全身都变成了茶色，软软的，像一团烂泥。"我的新娘子病得好厉害呀!"蜗牛大哭起来。

　　乌龟医生用手戳了戳苹果，笑着说："苹果没有生病，她是苹果妈妈，正在腐烂，好让她的宝宝钻进泥土里，生根发芽。"蜗牛惊呆了，原来苹果是一位妈妈，我还梦想她做我的新娘子呢，他害羞得连忙把头缩进自己的屋子里。

　　后来，蜗牛的菜园里果真长出一棵小苹果树，蜗牛就在苹果树下和蜗牛小姐举行了婚礼，小苹果树还为他俩唱起了婚礼进行曲。

（王红裕）

变 变 小 火 车

活动背景：

    生活中变化的事物能吸引孩子，因此，借用故事，激发孩子关注动植物的变化。

    因为毛毛虫变蝴蝶有几个阶段，因此，借助示意图，帮助孩子理解这一变化过程。

    在音乐声中，用形体表现西瓜籽、蛇蛋、毛毛虫的成长过程，有助于孩子在游戏中体会事物的变化。

活动要求：

1. 理解故事内容，了解动植物的变化特点。
2. 尝试用形体动作表现事物的变化。

活动准备：

1.《变变小火车 Choo Choo Train》的图画 PPT。
2. 音乐《Sneaky Snake》、《Caterpillar》、《Choo Choo Train》。
3. 录音机、电脑大屏幕。

活动过程：

一、情景导入：变变小火车 Choo Choo Train。

（一）跟随着《变变小火车 Choo Choo Train》的音乐，小朋友们手搭着肩感受开小火车的乐趣。

    ——吸引孩子投入活动，熟悉《Choo Choo Train》的旋律，喜欢这列变变小火车。

（二）出示 PPT 图片第一页：

● 变变小火车：这是什么？这是怎样的火车？

    ——引导孩子观察图片，说说自己的想法。

活动中：

中班下学期的孩子有了一定识字量，所以，有的孩子看到英文 **Choo Choo Train** 就开始大声念了起来。因为 **Choo Choo Train** 是深受国内外孩子喜欢的名字，有的孩子能读懂中文变变小火车。

师：你怎么知道这列火车的名字？

幼：我看见上面写着 **Choo Choo Train**，变变小火车。

师：为什么叫变变小火车呢？

幼：因为小火车上有一圈圈的烟；因为它有眼睛在笑；因为它的车身很奇怪；因为它会变戏法……

老师小结：变变小火车很神奇，因为只要是它的乘客，下车后都会发生变化，所以大家都喜欢叫它变变小火车。

二、想想猜猜。

（一）出示 PPT 图片，讲述故事第一段：西瓜。

1. 变变小火车的第一位客人是谁？它下车后变成了什么？

——老师进一步引导孩子思考变化的原因。

活动中：

通过动态的 PPT，孩子能兴奋地说"西瓜籽"下车后变成了"大西瓜"，老师可引导孩子学用形容词，如黑油油的西瓜籽、圆溜溜的大西瓜等。

2. 你说奇怪不奇怪，为什么西瓜籽下车后会变成大西瓜呢？

活动中：

幼：因为是小火车让它变的；西瓜籽长大了就变成西瓜了；我看见有太阳，有了太阳，西瓜籽会发芽的；可能小火车上有泥土；给它浇点水……

老师小结：是的，植物的生长离不开空气、泥土、阳光和水（帮助孩子梳理经验）。

（二）出示 PPT 图片：一个蛋。

1. 观察、交流与讨论：

看看变变小火车的第二位乘客是谁呢？它下车后会变成什么呢？

活动中：

孩子在生活中，积累了不少关于"哪些动物是从蛋里出来"的经验。

幼：啊，是一个蛋；我猜会变成小鸟；会变成恐龙；会变成乌龟……

师：这个蛋要比鸡蛋大一点，比恐龙蛋小很多（用手比划大小，提示孩子根据蛋的大小来推断结果）。

幼：可能会变成天鹅；也许变成蛇；也许变成猫头鹰……

2. 用形体表现蛇从蛋里钻出来的变化过程。

音乐《Sneaky Snake》自然响起。

——老师做蛇舞动的动作，让孩子在音乐声中，在老师的舞蹈动作中，感受蛇的特点。

活动中：

幼：是蛇……

3. 播放 PPT，通过画面感受蛇从蛋里出来的动态过程。

师：啊，原来是蛇从蛋里出来了。我们来学做小蛇吧。

——活动中，孩子有的躺在地上，有的拥挤在一块，老师可以幽默地说："啊，我知道了，蛇是群居动物，所以你们都喜欢住在一块。"

（三）出示 PPT 图片：蝴蝶。

1. 这是变变小火车的最后一位乘客，它下来后，变成了美丽的蝴蝶。这位乘客是谁呢？

——这次是先揭示变化的结果，再猜猜是谁变的，变换方式以激发孩子的兴趣。

2. 小小的毛毛虫，怎么会变成美丽的大蝴蝶呢？

——帮助孩子解读示意图（卵→毛毛虫→茧→蝴蝶），了解变化的过程。

3. 学学毛毛虫变蝴蝶吧。

——看示意图，做各变化阶段的动作，然后听指令模拟动作，最后跟着音乐做形体上的变化。

活动中：

孩子变成蝴蝶后到处飞。

师：小椅子就是我们的花瓣，请小蝴蝶找一朵花瓣休息一会儿吧。

三、欣赏故事《变变小火车》。

（一）小火车变了几次？它的第一位乘客是谁？下车后变成了什么？

（第二位、第三位乘客是谁呢？下车后变成了什么？）

——帮助孩子根据故事情节理清顺序,回忆故事内容(可通过简单的图片记录的方法和孩子共同回忆)。

(二)变变小火车又要出发了,谁会成为它的乘客呢?又会发生什么样的变化呢?

——可作为活动的延伸,继续鼓励孩子发现动植物的变化。

活动中:

幼:丑小鸭变天鹅;葡萄变葡萄干;面粉变面包……

反思与建议:

活动后可以在区角中开展:

1. 故事表演《变变小火车》。

2. 故事阅读《毛毛虫》。

3. 制作自己的书:还有谁会是变变小火车的乘客,会变成什么呢?

4. 舞蹈:听音乐自己创编相关的形体动作。

附一 改编故事《变变小火车》

Choo Choo Train 是一辆神奇的小火车!听,它正唱着好听的歌。"Choo Choo Train…",它一边快乐地唱着歌,一边喷着彩色的烟雾。

瓜籽蹦蹦跳跳地上了火车,当了神奇小火车的第一位乘客。小火车带西瓜籽绕着泥土开了一圈,然后慢慢地停了下来。奇怪,从车上下来的,不是西瓜籽,而是个圆圆的大西瓜。

骨碌碌,不知从哪里滚过来一个蛋,它成了神奇小火车的第二位客人。小火车带着它绕着森林开了一圈,然后慢慢地停了下来。奇怪,蛋不见了,它变成了细细长长的扭扭蛇。

嗨,等等我,只见提着叶子的毛毛虫走了过来,它坐上了神奇的小火车。小火车带着它绕着花园开了一圈,当到站的时候,从车窗里飞出了漂亮的小蝴蝶,它翩翩起舞。

Choo Choo Train 又开始出发了,它快乐地唱着歌"Choo Choo Train, Choo Choo Train, Wu Wu Stop"。

附二 音乐(可以自选)

Choo Choo Train(变变小火车)

1=C 2/4

$\underline{5\ 5}$ 3 | $\underline{5\ 5}$ 3 | $\dot{1}$ $\dot{1}$ | $\underline{\dot5\ \dot5}$ 5 ‖

Sneaky Snake(蛇)

1=C 4/4

6 6 $^{\sharp}$5 $\underline{4\ 3}$ | 2 — — $\underline{3\ 4}$ | 6 6 $^{\sharp}$5 $\underline{4\ 3}$ | 2 — — — |

3 5 4 3 | $\underline{2\ 1}$ $\underline{2\ 3}$ 4 — | 6 6 $^{\sharp}$5 $\underline{4\ 3}$ | 2 — — — :‖

(毛伊君)

美 丽 的 朋 友

活动背景:

目前社会上"乱丢垃圾"之类的不文明现象依然存在,以 2010 年上海即将举行的世博会为切入点,和孩子们共同开展这方面的活动很有意义。中班教材正好有"废物箱"这一内容,要求孩子们观察废物箱的不同外形,了解其基本构造,并尝试想象制作,所以结合教材,我和孩子们一起进行了对"废物箱"的探索活动。

活动要求:

1. 了解各种废物箱及其功用,尝试根据外形、色彩等特点为不同的废物箱分类。
2. 培养幼儿爱清洁、讲卫生、不乱丢垃圾的卫生习惯。

活动准备:

1. 幼儿收集各种废物箱的图片,了解废物箱的功能。
2. 了解上海的一些著名景点,如城隍庙、豫园、杨浦大桥、南浦大桥、城市规划馆、东方明珠,并能说出其明显特征。
3. 知道迎接世博会、做一名小市民应有的行为准则,如"七不"等内容。

活动过程:

一、观赏图片,激发兴趣。

——以孩子们熟悉的建筑物图片引出活动,引起兴趣。

(一)今天我们来玩一个猜照片的游戏吧!

老师出示大剧院、博物馆、人民广场等图片,边看边介绍。

南浦大桥:中间有 H 型桥梁,旁边是环形引桥的就是南浦大桥。

杨浦大桥:这是世界第一的斜拉桥。

世纪公园：这是周末我们最喜欢去的地方。

城隍庙：这是古老的中式建筑。

东方明珠电视塔：这是我们上海的标志性建筑。

国际会议中心：它是个漂亮的、会发光的球体建筑。

外滩美景：这条河就是上海的黄浦江呀。

（二）小结：看了这些图片，你们有什么感觉？

活动中：

幼：很漂亮；上海的房子漂亮；我们上海的夜景很美……

师：对呀！我们上海真美，住在上海真幸福呀。

二、谈谈说说，激发情感。

（一）我这里还有一些美丽的照片，请你们看看，这些照片告诉了我们什么？

——出示一些表现心灵美内容的图片，激发幼儿的美好情感。

（二）看图片，说说图片里的事。

提问：你看到了谁，在做什么事？

活动中：

孩子们看到"让座的人、种树的人、清理河道的环卫工人、献血的人"特别激动，说了很多赞美的话，朴素而感人。

（三）小结：这些照片让我们看到了人和人之间的互相帮助，看到了人们为了城市更美丽付出的劳动和爱心，所以我们上海不仅建筑景观漂亮，上海的人也很美。

三、了解各种废物箱的功用，尝试按某一特征分类。

——通过猜一猜和身体语言的暗示，引出"废物箱"这一内容。

（一）为了使上海的环境更加清洁、卫生，我们身边还有一位默默无闻的大功臣，是谁呢？是马路边的战士，在马路上、超市、幼儿园、家里，每个地方都有它的身影，它是谁呢？

活动中：

当我暗示"手扔垃圾"的动作后，就有孩子猜出来了。他们猜出来之后无比地兴奋。

师：它会说话吗，有了它我们的城市变得怎样了？

幼：不会说话；城市更干净了。

师：对了，做了好事，不说出来，默默无闻。

幼儿提问："什么叫功臣？"我简单地解释了一下："就是有功劳的人呀。"我反问："废物箱有什么功劳呀？"幼儿说了一大堆，我做了小结："废物箱方便了我们的生活，使我们的环境更加整洁、干净。"

（二）小结：废物箱真是我们美丽的朋友。

四、尝试按照废物箱的不同特征分类。

——活动开始时已经请幼儿将自己带来的图片放在小椅子下面，这回向大家简单介绍并根据不同的外部特征进行分类。

（一）我知道你们今天也带来了这位美丽的朋友，介绍一下你找到的废物箱是什么样的？在哪里见过？

活动中：

幼儿带来的多数是网上打印的图片，有两张是画的，也有从报纸上剪下来的，还有一张照片是爸爸特地拍了印的，准备得特别好。

（二）引导幼儿按废物箱的材质、形状、几个口等方法来进行分类。

——开始老师按照形状不同，有意识地摆放在三个房子里，总结出形状是方的住在一起、圆的住在一起、不规则的住在一起，引起幼儿分类的兴趣。

（三）小结：你们真聪明，能按照不同的方法给这些美丽的朋友找家。请你们在区角活动中试试自己的方法。

活动中：

孩子们会按照废物箱的颜色、材质、大小、几个口、卡通的和非卡通的来分，说得特别好，进行了多次的分类尝试，思维活跃，气氛热烈。

五、说说特殊外形的废物箱。

（一）刚才我看到了你们收集的废物箱的图片，我也收集了一些废物箱的图片，想不想看？

——欣赏一些特殊的废物箱，丰富幼儿知识。

（二）小结：生活中的废物箱长得各种各样，是我们美丽的朋友。你们千万记得把垃圾扔到废物箱里。

——对幼儿进行良好的生活习惯教育。

反思与建议：

1. 活动开始部分选择的图片要贴近幼儿的生活，难度不要太大，图片不要太多。
2. 活动前期幼儿要有一定的知识经验准备，特别是关于自己收集的废物箱。
3. 活动最好在中班末期开展。
4. 收集的废物箱图片可以放在区域活动中，让孩子们继续尝试分类操作。

（王　英）

好吃的蔬菜

活动背景：

开学不久，班级中许多孩子表现出挑食、不爱吃蔬菜的情况，我想是否可以通过与蔬菜的"亲密接触"来拉近孩子与蔬菜的感情，至少能让孩子不讨厌吃蔬菜。于是预设了"好吃的蔬菜"这个活动。

活动要求：

引导幼儿运用各种感官，巩固对蔬菜的认识，初步激发幼儿爱吃蔬菜的情感。

活动准备：

1. 各类蔬菜实物：黄瓜、丝瓜、胡萝卜、茄子、土豆、白萝卜、辣椒等。
2. 蔬菜宝宝图片（蔬菜被遮住大部分，只露出一角）。
3. 事先切好的蔬菜小块。

活动过程：

一、买菜游戏。

活动中：

师：每人3元钱去买自己喜爱吃的蔬菜。

幼儿操作，有的买了一样，有的买了两三样。

师：说说你买了什么菜？长得怎样？

幼：我买了黄瓜，长长的；我买的是萝卜，它长得胖胖的；我买番茄了，它是圆圆的……

——这个环节教师有意引导幼儿观察比较蔬菜的外形特征。

教师小结:原来蔬菜有各种各样的,有的长,有的短,有的胖,有的瘦。

二、猜蔬菜。

(一)看图片,猜蔬菜。

师:黑板上有一些蔬菜宝宝的图片,你们能猜出是哪些蔬菜宝宝吗?

——图片上的黄瓜、丝瓜、胡萝卜、茄子、土豆、白萝卜、辣椒等都只露出一角,幼儿根据颜色、局部特征来猜测。

(二)听谜语,猜蔬菜。

教师说蔬菜谜语,请幼儿猜,比如个头大大、形状长长、肚子白白,再如穿着绿衣裳、模样长又长、身上长着小疙瘩等。

——这里也可根据情况,让幼儿说谜语,其他小伙伴猜。

(三)摸一摸,猜蔬菜。

教师在口袋里装了许多蔬菜,请幼儿伸进口袋摸一摸,猜猜是什么菜,猜中了把它从口袋里摸出来。

——这里激励幼儿要摸得又快又对。

三、蔬菜配对。

师:刚才我们猜蔬菜的本领都很大,那边桌上还有许多蔬菜,它们的样子已经变了,看看你们还能不能认出它们是谁。

——事先准备黄瓜切片、去皮切条,丝瓜切条,土豆、白萝卜切片,青辣椒切丁,胡萝卜、红辣椒切丝,茄子切块等。

幼儿操作:认出了一种菜就找到它的小图片贴在这个菜的前面。

师:一起看看,贴得对不对?

——这里幼儿对黄瓜和丝瓜有了争论,出现了认知难点。教师引导幼儿用鼻子闻等其他辨别方法得出结论。

四、蔬菜色拉品尝。

师:小朋友本领真大,不管蔬菜样子怎么变,你们也认识它。今天我们自己动手做蔬菜色拉。

幼儿操作:自己选择蔬菜,拌色拉,品尝蔬菜色拉。

——考虑到中班幼儿对调味料的认识经验少,选择了大多数幼儿比较喜爱吃的色拉酱当佐料。

反思与建议：

1. 活动是教师在观察了解本班幼儿特点的基础上，将主题学习活动"好吃的食物"与幼儿的生活活动"不挑食"进行有机整合。活动贴近本班幼儿的实际需求，体现出一定的教育价值。

2. 活动没有用枯燥的说教，让幼儿为了营养好而吃蔬菜。而是从另外一个角度，和蔬菜做"猜一猜"的游戏来拉近幼儿与蔬菜的距离。引导幼儿去观察认识蔬菜，从而产生喜爱蔬菜的情感。采用的教学形式符合中班幼儿的年龄特点，教具制作生动，比如将蔬菜画出拟人形态，十分吸引幼儿。

教师还从幼儿的兴趣出发，选择了大多数孩子都比较喜爱吃的色拉作为品尝内容。这样既改变了以往为幼儿烧制好蔬菜，幼儿品尝蔬菜显得被动而无趣的状况，又能满足中班幼儿自己动手做的愿望，巧妙地提升了幼儿吃蔬菜的兴趣。

3. 在活动最后增加一个问题讨论：蔬菜还可以怎么吃？进一步了解蔬菜有各种吃法，不同烧法可以让蔬菜变得美味，从而激发幼儿喜爱吃蔬菜的情感。

4. 中班集体活动环节不宜过多，由于前面几个环节内容比较丰富，可将最后做蔬菜色拉的环节结合生活活动，放到午餐时间去完成。

（陈　炜）

帮助小鸡和小鸭

活动背景:

　　小鸡和小鸭是中班孩子熟悉和喜爱的动物,借用故事《小鸡和小鸭》,让孩子们在帮小鸡小鸭解决困难的过程中表达对它们的情感。

　　借助自制课件,引发孩子积极的思考与讨论。

活动要求:

　　1. 通过活动,体验帮助小鸡和小鸭的快乐,知道好朋友要互相帮助。

　　2. 积极动脑,大胆想象,并能用清楚响亮的声音讲述。

活动准备:

　　1. 孩子前期经验:

　　认识小鸡和小鸭,了解它们的不同外形特征和习性。

　　喜爱小鸡和小鸭,在饲养照顾它们的过程中建立了较深的朋友之情。

　　2. 环境材料创设:

　　故事《小鸡和小鸭》,根据故事自制的多媒体课件。

　　笔记本电脑,电视机。

活动过程:

　　一、激发兴趣。

　　回忆:"幼儿园的饲养角来了哪些动物朋友?""我们为小鸡小鸭做了什么事?"

　　——引导幼儿回顾前期经验,为下个活动作情感铺垫。

　　二、设疑交流。

　　(一)了解故事发展。

116

教师边演示课件边引导孩子讨论：

1. 小鸡不会游泳怎么过河？

——开放性问题鼓励孩子积极动脑。

活动中：

幼1：小鸡可以飞过去。

幼2：可以找找哪里有桥，从桥上走过去。

幼3：可以去找艘船，乘船过去。

幼4：可以把大树推倒当桥。

幼5：可以找长颈鹿帮忙，用长颈鹿的长脖子当桥。

幼6：可以请大雁帮忙，让小鸡坐在它身上飞过去。

……

2. 小鸭会用什么办法帮助小鸡？

——开放性的问题引导孩子大胆想象。

活动中：

不少孩子想到可以让小鸭背着小鸡游过河。

3. 小鸡和小鸭来到草地上，发生了什么事？

——要求孩子用清楚响亮的声音回答。

4. 有什么办法把小鸭救上来？哪个办法最好？

——引导孩子发散思维，大胆讲述自己的办法，通过讨论找出最适合的办法。

活动中：

幼1：找根绳子，让小鸡咬住绳子一头，小鸭咬住另一头，把小鸭拉上来。

幼2：可以请大象帮忙。

幼3：可以买点气球，让小鸭咬住气球飞上来。

幼4：可以在坑里放水，让小鸭游上来。

5. 如果掉进坑里的是小鸡，能用这个办法吗？为什么？

——引起孩子进一步思考小鸡和小鸭的不同。

（二）完整欣赏故事。

三、情感提升。

你们喜欢小鸡和小鸭吗？为什么？

你们还帮助过哪些小动物？怎么帮助它们的？

反思与建议：

活动后可以在区角进行故事表演，也可以通过游戏帮助其他动物朋友。

（金　胤）

动 物 过 冬

活动背景：

冬天到了，我们怎样过冬呢？动物朋友们又是怎样过冬的呢？

图书是孩子们走向世界、拓展眼界、认识未知世界的亲密伙伴。

借助图书可以让孩子们尝试用自己的能力读懂图意，获取动物过冬的有关信息，提高阅读能力，还能让孩子在集体面前介绍自己的所见所思，培养自信心。

活动要求：

乐意从书中了解动物过冬的方法，并能大胆地向大家做简单介绍，产生继续探究动物过冬的兴趣。

活动准备：

自制图书《动物过冬》，电视机，实物投影仪，黑板，白纸，记号笔，"过冬"汉字。

活动过程：

一、说说冬天的不同感受。

（一）这星期和上星期相比有什么不同？

（二）在这么冷的天气里，你有什么感受？

（三）我们是怎样过冬的？幼儿自由讨论、交流。

小结：冬天到了，人们都穿上了厚厚的棉衣，戴上了厚厚的帽子，围上了厚厚的围巾……

（四）这么冷的冬天，我们的动物朋友又是怎样过冬的呢？

——活动开始结合时节从自身感受谈起，比较亲切自然，可以如聊天般展开。

活动中：

刚开始的时候，孩子只是把自己最直接的感受说出来，语言比较简短，所以老师要善于挖掘比较有特点的内容，抛砖引玉。

幼1：天冷了，我的手都冻僵了。

幼2：早晨和爸爸一起骑车过来，天太冷了，我们穿上了厚厚的衣服，就像两个皮球，我是小皮球，爸爸是大皮球，从家里滚到了幼儿园。

师：这么冷的天，小红坐在爸爸背后，还能观察得那么仔细，原来衣服穿得多，真的像个皮球。亮眼睛！

幼3：天太冷了，太阳光照在身上一点也不热。夏天的时候，太阳是个大火球，现在的太阳，有点像冰球。

幼4：我看到我们爱建园的小河原来水是流动的，现在已经结了厚厚的冰，好像一块白白的布铺在上面。

二、寻找动物过冬的图书进行自主阅读。

（一）我带来了一些哪吒图书馆里的书，请你们寻找一本有关动物过冬的书，怎么找？（自由议论）

（二）幼儿自主寻找相关内容，自由阅读，说说议议。

——在寻找过程中，老师及时发现、肯定能通过一定的阅读技巧获得动物过冬方法的幼儿。

活动中：

幼儿交流讨论图书内容，还指指点点问："老师，这里写的是什么字？"

三、分享交流，学会阅读的方法。

（一）请你把看到的动物过冬的方法告诉大家。

幼：老虎是跑步过冬的。

师：你怎么看出来的？

幼：你看，老虎的爪子两个朝前，两个朝后，而且尾巴也是翘起来的，一看就是在跑步。

师：原来晶晶是通过观察动作，知道老虎是跑步过冬的，还有谁和她不一样？（这句话一出，没有看过这本书的幼儿也起劲地通过大屏幕加入到观察中）

幼1：我还观察到，老虎的脚下有许多条蓝印子，这就是代表老虎在跑步，晶晶说的是对的。

幼2：我看到老虎的边上写着几个字,我认识字的,是说天太冷了,我要跑步过冬。

——通过设疑的方法,激励其他幼儿积极加入,仔细观察画面,起到了很好的效果。因此在交流活动中,老师恰到好处的鼓励、适时的点拨归纳、巧用设疑等,都会对活动的进程产生推进作用。

(二)老师运用图夹文的形式将结果记录在大卡纸上。

四、欣赏儿歌《过冬》,激起探究愿望。

(一)你们从书中找到了那么多关于动物过冬的不同方法,我把它们编成一首儿歌,你们一起来欣赏。

(二)其实还有很多动物要过冬,风姑娘还会找谁?

——通过设疑,让幼儿能结合自己的经验交流已知的其他动物过冬的知识。

幼1：我还知道燕子到了冬天就往南方飞了,因为这里太冷了。

幼2：我还知道蚂蚁过冬的时候,要找很多食物藏起来。

(三)关于动物过冬,你还有什么想了解或想问的吗?

——通过提问可以培养幼儿大胆质疑,并使整个活动得以延伸。

反思与建议：

1. 儿歌内容可以根据幼儿的认知经验、认知能力不断进行创编。

2. 活动后制作的图书可以放在图书角,让幼儿继续进行自主阅读、分享交流。

3. 幼儿收集了一些信息后,老师可以帮助幼儿把寻找到的过冬动物进行一定的归类。

附儿歌《过冬》

呼呼呼,
风姑娘找朋友,
它找到了青蛙,
青蛙说:"天太冷了,我要冬眠了。"
……

(金晓燕)

新 年 心 愿

活动背景：

　　因为新年送祝愿是中国的传统,所以组织此活动可以让孩子体验传统文化。

　　因为部分家长与孩子日常交流较少,所以通过爸爸妈妈送心愿,可以增进亲子间情感的沟通与相互了解。

　　因为家长既有相同的心愿也有个性化的心愿,所以通过解读心愿图、接收心愿卡、观看视频等不同方法,可以帮助孩子了解爸爸妈妈的心愿。

活动要求：

　　1. 让幼儿在看看、说说等活动中了解爸爸妈妈对孩子的心愿,感受接受祝愿的快乐。

　　2. 进一步激发幼儿对新年的期盼。

活动准备：

　　1. 请家长制作心愿卡、参与录像拍摄。

　　2. 教师了解班中家长普遍的祝愿,并据此绘制心愿图,布置有心愿卡的心愿树。

　　3. 多媒体播放设备。

活动过程：

一、激发幼儿想过新年的愿望。

（一）提问：你们知道再过几天是什么节日吗？

活动中：

幼：圣诞节；元旦；春节。

师：圣诞节是外国人的新年,春节是我们中国人的农历新年,元旦是全世界所有

（二）提问：过新年是一件很开心的事,你们过新年时有什么开心的事?

——通过回顾已有的经验,激发向往过新年的快乐情感。

活动中:

幼1:过新年要吃年夜饭。

幼2:过新年爷爷奶奶会给我压岁钱。

幼3:过新年要买新衣服。

幼4:过新年要放烟火。

……

师:过新年最快乐的事就是你们又长大一岁了。爸爸妈妈和老师有心愿要送给你们。

二、了解新年心愿。

（一）解读心愿图。

——解读图片含义,丰富表征经验。

图一:猜猜爸爸妈妈的第一个心愿是什么?

活动中:

幼1:爸爸妈妈希望我们长高。

幼2:爸爸妈妈希望我们长胖。

师追问:有什么办法能让自己长得更高、更健康?

幼1:不挑食,样样东西都吃。

幼2:每天做早操、跑步。

幼3:早睡早起。

……

视幼儿回答继续追问,例如:你有什么不喜欢吃的东西?吃这东西有什么好处?可以参加哪些运动?

小结:爸爸妈妈希望你们……这样才能长得更高、身体更棒。

图二:爸爸妈妈的第二个心愿是什么?

活动中:

幼:爸爸妈妈希望我们更聪明。

追问：怎样才能更聪明？

幼：多学本领。

师：你已经学会了哪些本领？

幼：我会画画；我会弹电子琴；我会折纸；我会跳舞。

……

师：你还想学会什么本领？

小结：原来爸爸妈妈送给你们的第二个心愿是希望你们多学本领，更加聪明。

图三：爸爸妈妈还有什么心愿？

活动中：

幼：爸爸妈妈希望我们笑嘻嘻的。

师：你快乐吗？你碰到什么事情很快乐？你做了哪些事很快乐？

（关注同伴合作、互相帮助等价值点）

小结：希望你们天天快乐就是爸爸妈妈的第三个心愿。

图四：爸爸妈妈送给你们三个心愿，希望你们健康、聪明、快乐，金老师也有一个心愿要送给你们。猜猜我的心愿是什么？

活动中：

师：老师希望你们关心别人、帮助别人。除了可以帮助爷爷奶奶，还可以帮助谁？帮助他做什么事？

幼1：我想帮妈妈洗衣服。

幼2：我想帮好朋友折纸。

幼3：我想帮老师搬桌子。

幼4：我想帮阿姨收拾桌子。

……

师：如果你们关心别人、帮助别人，大家都会喜欢你。

（二）接受心愿卡。

1. 幼儿从心愿树上找到送给自己的心愿卡并翻阅。

活动中：

幼儿对心愿卡的图案兴趣很大，兴奋地和朋友交换着看。

也有幼儿不认识字，来寻求老师的帮助。

2. 爸爸妈妈送给我们的心愿卡都很漂亮,里面讲的内容更有意义。谁愿意把爸爸妈妈的心愿告诉大家?

活动中:

幼:我不认识字。

师:爸爸妈妈的心愿卡上写的字我们都看不懂。别着急,老师把爸爸妈妈的心愿录下来了,我们一起来看看。

(三) 观看心愿录像。

播放5—6个典型的心愿,定格后引导幼儿说说是谁的爸爸妈妈、说了什么。

活动中:

结合爸爸妈妈的个性化心愿对孩子进行个别教育,并引起其他孩子的关注。

反思与建议:

活动后可以引导孩子制作心愿卡回赠给爸爸妈妈。

(金　胤)

我 们 的 地 铁

活动背景：

 地铁里，琳琅满目的小店、自动售票机、四通八达的出入口……可以使孩子积累并形成个体化的生活经验与认知经验。

 地铁中，充满着各种各样的标志，可以使幼儿建立"生活中阅读"的意识，提高幼儿的阅读能力，最终使"阅读"还原幼儿的实际生活。

 设计"我们的地铁"，不仅仅是为了满足幼儿动手操作的需要，还在于帮助幼儿运用和迁移已有经验，体验"设计者"的快乐。

活动要求：

 1. 回忆乘地铁的经验，进一步感受地铁给人们生活带来的方便。
 2. 尝试看懂地铁平面图，产生自己设计地铁站里小商店的愿望。

活动准备：

 1. 幼儿有乘坐地铁的经验。
 2. 活动前带领幼儿到地铁里观察，并拍摄活动录像、照片。
 3. 将参观活动的过程制作成幻灯片，投影仪一台，电视机一台。
 4. 幼儿人手一张地铁站平面图，各种吃、穿、用品的广告小图案，固体胶等操作材料。

活动过程：

一、回忆交谈，进一步感受地铁的特点。
 ——这是活动的导入，也是孩子结合已有经验进行分享交流的重点环节。

活动中：

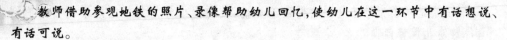

教师借助参观地铁的照片、录像帮助幼儿回忆,使幼儿在这一环节中有话想说、有话可说。

师:我们是从哪里去坐地铁的?

幼:从新闸路口下去。

师:新闸路地铁口是几号口?

幼:6号。

跟问:你们怎么知道的?(可停顿一下,引导幼儿仔细观察照片)

幼:上面有地铁的标志;还有一个数字6……

师:哦,原来找到地铁标志我们就知道从哪里进去乘地铁了。

追问:到了地铁里,我们看到大人们是怎样乘地铁的?小朋友又在干什么呢?

幼1:大人买票,照一照进站的……

幼2:我们从专用的通道进站……

跟问:为什么我们小朋友不买票呢?

幼:我们没有超过一条红线……(根据幼儿的讲述点击录像)

小结:乘地铁时先要买票,可以到售票窗口排队买,也可以用自动售票机买票。因为我们小朋友个子矮,还不到一米红线,所以就不用买票,可以从专用通道进站乘车。

师:我们乘到哪站下车呢?你是怎么知道的?

幼:人民广场站,我们听到广播里说的……

小结:原来乘地铁时要听清广播里报的站名,就能提醒我们到站下车了。

追问:在地铁里你最喜欢什么地方?为什么?

幼:我喜欢糖果店,里面有很多好吃的糖果……

幼:我喜欢玩具店,里面有很多好玩的玩具……

师:为什么地铁里要有那么多商店呢?

幼:人们想吃东西时可以去买……

小结:地铁让我们外出更加方便了,地铁里有了各种各样的商店,便于乘地铁的人购买……

二、看看议议,学着看懂地铁平面图。

出示地铁站平面图(利用投影仪放大):看得懂吗?这些表示什么意思?

——这是一个指导幼儿学会阅读的契机,教师应引导幼儿仔细观察画面中的细节,帮助幼儿读懂画面。

活动中:

幼:图片中有小朋友,他们在乘地铁……

师:你从哪里看出他们在地铁里?

幼:有地铁标志;还有数字……

师:你们看看地铁一共有几个进出口?为什么地铁里要有那么多进出口?

幼:你想从哪里出去就从哪里出去。

追问:离我们幼儿园最近的出口是几号出口?

幼:6号。

师:你觉得地铁里还可以造些什么?

幼1:我要造糖果店。

幼2:可以有肯德基。

幼3:可以买手机……

三、个别操作,大胆设计地铁里的小商店。

出示地铁站平面图(幼儿人手一张):你们想不想也在地铁里开设小商店?

——幼儿各自操作,可以适当进行集体分享。这一活动也可以延续在区域活动中进行。

反思与建议:

1. 活动后可以在角色游戏中玩"造地铁"、"乘地铁"游戏,让孩子进一步巩固乘坐地铁的具体经验。

2. 开展美工活动"地铁里的小商店",在粘粘贴贴的过程中学会合理布局。

(余 泓)

小小送奶员

活动背景：

营养丰富的牛奶是孩子的最爱。本次活动借用送奶这个情境，让孩子在游戏中学习。出示送奶员的形象，引发孩子回忆生活经验——家人喜欢的各种牛奶（品种、营养、适合人群等）；通过取奶、送奶的情境，让孩子学着解读图夹文的送货单，巩固1—10的数数以及序数。延伸活动帮助孩子扩充视角，了解更多的送货员。

活动要求：

1. 了解送奶员配送不同种类的牛奶，体验送奶员工作的辛苦。

2. 学着解读取奶单和送奶单上图文符号与数字的意义（复习10以内的数数和序数），并乐意模仿送奶员根据要求取奶和送奶。

活动准备：

1. 多媒体课件一份。

2. 5幢房子（有门牌号码及阿姨、叔叔的头像）、牛奶仓库一个（层层架，不同品种的牛奶若干）。

3. 小篮子、取奶单、送奶单（同幼儿人数）。

活动过程：

一、引疑激趣，引发孩子关注送奶员。

（一）播放多媒体课件，引起孩子兴趣。

活动中：

师：今天我带来一位朋友，是谁呢？（出示送奶员的形象）

幼：送牛奶的。

师：是呀，这是一位送奶员。从哪里看出这是一位送奶员呢？（引导幼儿观察并解读送奶员的形象）

幼：他的衣服上画着奶瓶；我看到他车的后面有个大箱子，上面画着大大的牛奶瓶……

师：（肯定并追问）你们观察得真仔细。送奶员是干什么的？

幼：是给我们送牛奶的。

师：每天起床后，我们都能喝到送奶员送的新鲜牛奶。

（二）播放多媒体课件，引发孩子回忆生活经验。

活动中：

师：看看今天这位送奶员送什么牛奶？（播放课件）认识这些牛奶吗？（认识牛奶的品种）

幼：高钙奶、纯牛奶、酸奶……

师：这些奶可能是谁订的呢？（引发孩子根据生活经验，说说不同牛奶适合的人群，也可鼓励幼儿用广告语来讲述）

幼：高钙奶是爷爷喝的，因为他年纪大了要补钙；舒睡奶是妈妈喝的……

师：（追问）妈妈为什么要喝舒睡奶？

幼：妈妈睡不着。

师：（鼓励）真棒。

师：想不想也来做一回送奶员，帮助小区的居民送奶呢？

幼：愿意。

师：怎么送呢？

（播放多媒体课件，并配画外音：要先根据取奶单取牛奶，然后根据送奶单来送牛奶）

师：听清楚了吗？送奶员怎么说的？（引导孩子将倾听的内容表述出来）

二、体验理解——在取奶、送奶的情境中巩固10以内的数数和序数。

（一）解读取奶单。

活动中：

师：让我们看一下取奶单吧！看得懂吗？

（引导幼儿看清图夹文的取奶单：谁订的牛奶，订牛奶的品种以及数量）

师：每位送奶员都要拿着取奶单去仓库取奶，取奶的时候要看清取奶单上的要求。

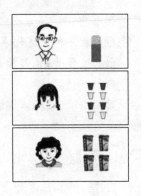

（二）送奶员根据取奶单取奶（复习10以内的数数）。

师：是不是都按照要求取到了牛奶呢？

（个别介绍、同伴互相介绍——检验是否根据取奶单的要求取奶了。）

（三）送奶员送奶。

1. 引出问题。

活动中：

师：时间不早了，我们要去送奶了。怎么送呢？

幼：我们要知道送到几号；要知道是几楼……

师：（肯定）是呀，送奶员要知道送到几号、几楼、几室，这样才能完成送奶的任务。

2. 解读送奶单（学习10以内的序数）。

活动中：

师：我们一起看看送奶单上有什么？（鼓励孩子解读图夹文的送奶单）

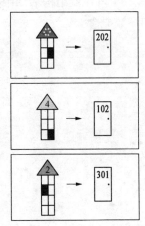

幼：我看到了门牌号是6号。（鼓励孩子发现送奶单上的门牌号有不同的表示方式：数字、图形、圆点等）

幼：我看到了是4号的102室。

师：你怎么知道的？

……

师：大家都看明白了，送奶员们可以出发了。送完奶后别忘了把送奶单留在他们家的门上。（送奶单留在门上，方便大家检验）

3. 幼儿根据送奶单送奶。

集体检查两位送奶员送的奶，然后请孩子互相根据门上贴的送奶单检验。

三、活动延伸——扩展视野，了解更多的送货员。

（一）交流分享——谈谈做送奶员的感受。

活动中：

师：做了一次送奶员有什么感受？

幼：很开心；我们觉得要学好本领，否则要送错的……

（二）拓展经验——了解更多的送货员。

师：除了送奶员，你们知道还有什么送货员？我们都去做小记者调查一下，下次来交流好吗？

反思与建议：

1. 活动前，孩子要有 10 以内的数数和初步的序数概念。

2. 教师制作的取奶单和送奶单要根据孩子的不同水平来制定，因此也要因人而异地帮助孩子解读。

3. 教师可在活动前事先收集一些牛奶盒，洗净后让孩子操作，有种真实感。

4. 可在低结构活动中延续这样的操作材料，帮助孩子继续巩固 10 以内的数数和序数概念。

（徐　雯）

我 爱 动 画

活动背景：

因为孩子爱看动画片,所以将动画片作为教学素材,发展孩子的语言表达能力和想象力。

活动要求：

1. 喜欢说动画,快乐猜片名,乐意交流自己喜欢的动画片与动画人物。
2. 感受为画面配音的情景,有兴趣地尝试边观赏画面边想象对话。

活动准备：

1. 动画人物多媒体课件 PPT。
2. 制作动画人物图片。

活动过程：

一、话题引入——趣猜动画人物。

（一）引出话题。

你喜欢动画片吗? 说说你看过哪些动画片?

（二）趣猜动画人物。

1. 出示动画人物照片(多媒体),你认识它吗? 说说这是谁?

2. 演示一个动画人物特定的动作,幼儿看动作猜人物。

3. 你最喜欢的动画片中的人物是谁? 为什么?

二、情节音乐引入——小提示猜片名。

（一）给予幼儿一点点提示,启发幼儿联想动画片名。

（二）出现动画片头的画面,幼儿迅速猜出动画片名。

（三）欣赏一段动画中的背景音乐，幼儿联想并猜出片名。

三、无声动画引入——欣赏画面配对话。

（一）讨论什么叫无声动画。

（二）看一段无声动画，提问：你觉得画面中发生了什么事？请想象一下他们可能在说些什么？

（三）请现场两位教师和幼儿一起看画面想象对话，分别表演。

（四）交流总结：原来一样的情节与画面，如果对话不同了，内容也就不同了。

四、延伸活动。

寻找一些动画片中的小画面或小情节，幼儿有兴趣地为动画片配声音。

反思与建议：

我认为中班的教学活动设计要体现一个"引"字。这个"引"既有吸引的意思，又有牵引的含义。

吸引就是教师要通过一些环节的设计和铺垫，逐步吸引孩子渐入佳境。例如：从话题引入——看照片猜动画人物；游戏深入——看画面、赏析乐曲猜片名；情趣注入——看情节配对话。

牵引就是在环节中要注重一种自然的引导，它包括：

1. 通过问题引导幼儿理解与表达。例如：你喜欢的动画人物是谁？说说喜欢的理由。通过问题引导幼儿清楚地表述自己对动画人物的理解和喜爱程度。

2. 通过趣猜情景的不断变化，持续吸引幼儿的关注。它包括看动画明星照、看熟悉画面和听辨乐曲的迅速判断等，情境的多样化变换，能有效保持幼儿对活动的兴趣。

3. 通过环节的层层递进提升幼儿的相关有效经验。如同样的观赏照片，有对整体动画人物的感知，有通过局部来相应地推断整体。又如画面和声音的分辨和推想也是层层递进式的，在不经意间使幼儿获取和整合了点滴的相关经验。

4. 通过资源的有效利用引导幼儿模仿与迁移。通过教师和幼儿同看情节同想对话的场景，有效达成了一种自然活动状态下的模仿和迁移。此类教师的现场展示对于幼儿经验和能力的提升是极其有效的。

（张　红）

我 来 帮 你

活动背景：

希望在活动中给孩子一些交往的方法、态度,活动的设计不但结合了探索,还特意设计了情景,让孩子在探索的同时知道互助才能有朋友,体会帮助别人的快乐。

活动要求：

在帮助小蚂蚁点点的过程中有兴趣地探索长短的变化,愿意较完整地表达自己的探索方法。

活动准备：

1. 剪一些树叶贴在黑板上形成茂密的树。
2. 毛巾、围巾、笔、插塑积木、橡皮泥、绳子、毛线、吸管、纸、橡皮筋。
3. 两只小蚂蚁的画像。

活动过程：

一、播放音乐《找朋友》,听故事《点点和小黑》。

为了引导孩子进入故事情景,熟悉角色,出示两只小蚂蚁的时候可以让孩子和小蚂蚁打招呼。

二、尝试各种办法救救小蚂蚁。

活动中：

老师可以观察孩子探索不同材料的情况,帮助孩子总结使用的办法。

师：你用什么办法把绳子变长了？

幼：打结。

师：你用什么办法使吸管变长了？

幼：套进去……

三、总结孩子的探索。

（一）你用什么办法把什么东西变长了？

（二）我们看看哪根长？

1. 为了让孩子了解比长短的正确方法，老师故意不在同一起点比较长短，引导幼儿了解比较长短要在同一起点上。

2. 为了进一步让孩子掌握长短的差异和作用，老师可以取出三根长短不一的物品，让孩子进行排序，从短到长排排队，找出最长的来救小蚂蚁。

四、如果你是小黑，你的身边只有一片树叶，你怎么救好朋友点点呢？

老师准备好范例（将树叶按螺旋形剪长），激发孩子深入探索的兴趣。

附故事《点点和小黑》

点点和小黑是一对好朋友，当阵阵秋风吹起，他们相约爬到梧桐树上去看秋天的风景。他们俩你拉着我，我拉着你，嗨哟，嗨哟，爬到树梢往下一看，哇，秋天真美呀！蓝天，白云，远处的枫叶变红了，田里的麦子金灿灿的，还有一大片一大片五颜六色的菊花，还有……哎呀！小点点一不小心掉到树下去了。小黑焦急地喊："点点……"这时，传来点点的声音："小黑，救我！"呀！点点掉到树下的小水坑里了。这时点点爬上了飘落到水坑里的一片梧桐树叶上，正在水坑中央打转呢！小黑忙说："好朋友别急，我一定想办法救你！"说着，小黑拿起身边的一根树枝伸向点点——哎呀，可惜……怎么了？（树枝太短了）

（袁晶晶）

你快乐，我快乐

活动背景：

　　刚进入中班下学期，在午休活动中偶然发现孩子们对近期电视中播放的公益广告非常感兴趣，只要一看到就会跟着哼哼音乐，聊聊其中熟悉的人物。

　　同时，由于假期中的短暂分离，孩子之间相互关心、帮助少了，教室里的毛巾掉在地上、小椅子倒了也很少有人主动关心，所以利用他们熟悉的广告，引发孩子乐意帮助他人是非常必要的。

活动目标：

　　1. 仔细观察事情的经过，根据图示能够大胆、较连贯地讲述。
　　2. 愿意帮助周围人，知道帮助别人能够带来快乐。

活动准备：

　　1.《和谐城市，心灵乐章》视频剪接。
　　2. 与录像相关的图片。
　　3. 幼儿生活中遇到困难的照片。

活动过程：

一、观看视频，寻找相关的图片。
（一）观看视频——你看到了什么？ 里面一共发生了几件事？
——完整观看视频，使幼儿对录像中的事件有完整的了解。

活动中：
幼1：有个女孩拿不到东西，一个阿姨帮她拿东西。
幼2：有个叔叔帮人家拍照……

师：刚才的录像里一共发生了几件事？

幼：一共有三件事。

（如果观看一遍后，孩子们的回答不一致，可以再看一遍录像，边看边数出事件）

（二）寻找相关图片——这里有很多图片，都和刚才看到的事有关系，找一张告诉好朋友，图片上的事发生在哪儿，是什么事。

——运用图片可以帮助孩子逐渐学习用简单的符号表达自己所看到的事件；每一件事的相关图片中尽可能包括事件的地点、人、物等关键要素，这对幼儿下一环节的完整表述有帮助；同时，录像是具体形象的，相对而言简洁的图片比较抽象，对发展幼儿的抽象思维有所帮助。

（三）交流——（出示标有数字 1、2、3 的黑板）刚才录像里的三件事顺序还记得吗？你手中的图片是第几件事，就把它送到数字几那儿。

第一件事：

这是在哪儿，发生了一件什么事？

活动中：

幼：这是在欧尚超市，有个小姑娘拿不到东西，后来有个阿姨帮她拿东西，她说谢谢。

师：图片上的这个人是谁？

幼：是那个小姑娘。

师：从哪里看出来的？

幼：她的脚跷起来的。

——细致观察这张图片可以帮助幼儿关注事件（图片）中的细节，从而发展观察、理解能力。

教师可把手伸出，放在幼儿头顶上方，让幼儿伸手看看能够得着吗？

师：跷着脚、伸长手臂还是够不着是什么感觉？

幼：很累、很酸……

师：我来帮帮你们吧！

——这一环节可以帮助孩子体验、理解录像中小女孩需要别人帮助的心情以及得到帮助后的快乐。

小结：有了阿姨的帮助，小姐姐拿到了想要的东西，真好。

第二件事：

 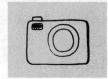 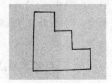

这又是在哪儿，发生了一件什么事？

活动中：

幼：这是在东方明珠旁边，有两个人要拍照，有个叔叔帮他们拍照。后来这个叔叔差点从楼梯上摔下去，有个奶奶扶他的……

在这件事里，每个人都说了很多话，可是我们听不到，现在我们一边看录像，一边把你觉得他们会说的话大声说出来。

——分段欣赏这一件事，可帮助幼儿仔细观察、理解事件，鼓励幼儿大胆想象人物间的对话并完整表达。

活动中：

师：（两个游客在黄浦江边游览，手指着远方的景色）这两个人是谁？

幼：是两个外国人。

师：他们来干什么？

幼1：他们来玩的。

幼2：他们来旅游的。

师：猜猜他们在说什么？

幼1：你看那里多好看啊！

幼2：上海好漂亮啊！

幼3：东方明珠好高啊！……

师：（外国朋友请一个叔叔帮忙）这时他们会说什么？

幼:请你帮我们拍张照好吗?

师:那叔叔会怎么回答?

幼1:好!

幼2:行!没问题。

师:(叔叔差点从楼梯上摔下,外国朋友提醒他)接着又发生了什么事?

幼1:叔叔要摔下去了。

幼2:那个外国朋友说:"你小心摔下去啊!"

幼3:后来一个奶奶扶他的。

师:叔叔没有摔跤,他应该感谢谁?

幼:要谢谢那个奶奶;还有那两个外国人。

小结:这件事真有趣,叔叔先帮助了别人,别人又帮了叔叔。

第三件事:

这件事又是怎样的呢?

——前两件事教师都以"在什么地方? 发生了什么事?"这样的提问提醒幼儿用完整的语句表述事件。第三件事的提问可概括一些,观察幼儿是否能用完整的语句表述事件的地点和情节。

这张图片(第三张)和视频中的事有什么关系?

——引导幼儿观察图片中人物的数量以及人物间的区别,发现图片与事件之间的关系。

活动中:

幼:这些人都是在车站等车的。

师:一共有几个?

幼:一共6个人。

师:这6个人一样吗?

幼:有一个和别人不一样,是穿裙子的。

师：这个和别人不一样的人是谁呢？

幼：是那个带伞的阿姨。

分段欣赏该事件录像：

师：带伞的阿姨为什么上了车又下来了？

幼：她要给那些没带伞的人撑伞。

师：她认识那些等车的人吗？

幼：不认识。

师：为什么要帮助那些不认识的人？

幼1：否则他们会淋湿、会生病的。

幼2：因为帮助别人是好事。

师：原来不认识的人，我们也要去帮助他们。

小结：一个人的帮助，让大家都得到了快乐，真好！

（四）我这儿也有一张图片（笑脸），不知道你们觉得它和哪件事有关系？

——这一思考过程，可以帮助幼儿发现被别人帮助是快乐的，帮助别人同样也是快乐的。

活动中：

幼：这张图片和第二件事有关系，那两个拍照的人要笑的。

师：只是因为拍照就笑了吗？

幼：是因为有人帮他们拍照，所以他们很高兴。

师：对呀，有了别人的帮助会很快乐，那这件事中其他人快乐吗？

幼1：那个帮外国人拍照的叔叔也很高兴，因为别人帮助他，他没有摔跤。

幼2：还有那个奶奶也高兴。

师：奶奶为什么高兴？

幼：帮助别人也会很高兴的。

师：原来得到帮助很快乐，帮助别人也会很快乐。

幼：那个帮别人拍照的叔叔也快乐，因为他也帮助别人了。

……

从幼儿的回答中可以看出，他们对快乐有了更深的理解。

小结：刚才三件事中的每一个人都很快乐。每个人都会遇到困难，如果你能帮助他,就能帮他解决困难,把快乐带给他。

二、联系日常生活,愿意帮助别人。

(一)在幼儿园,你帮助过别人吗?

(二)这些照片记录着大家的困难,你愿意帮助谁,怎么帮他?

——照片尽可能捕捉日常生活中常见但容易被幼儿忽视的镜头。

(三)你们为什么乐意帮助别人?

小结:原来帮助别人不仅会给别人带来快乐,也会让自己变得快乐。

反思与建议:

1. 根据幼儿的实际情况,视频也可选取其中的两件事,降低活动的难度。

2. 仅仅通过一个活动是很难让幼儿从根本上学会帮助别人,还需教师在日常生活中更多地鼓励幼儿,善于发现别人的困难并乐意帮助别人。

(何 洁)

会保护自己的海洋鱼

活动背景:

在《动物大世界》的主题活动中,孩子们对奇特的海洋鱼产生了浓厚的兴趣。

在了解海洋鱼的时候,孩子们已初步感知了海洋鱼的特征与自我保护的关系。

开展本次活动的价值在于培养孩子们自主学习和合作学习的能力,同时激发孩子们对动物世界进一步探索的欲望。

活动目标:

1. 通过查找资料、分享交流,进一步了解海洋鱼的自我保护方法。
2. 能运用多种方法大胆地表达自己的想法和见解。

活动准备:

1. 《海底总动员》的 DVD。
2. 班级建立相关资料库,提供图书、网上资料等。
3. 记录纸、笔。

活动过程:

一、观看录像,引发讨论。

(播放《海底总动员》录像片段)

活动中:

师:海底世界里发生了什么事?

追问:小丑鱼是怎么躲过危险的?

幼1:一条小丑鱼遇到了大鲨鱼,很可怕的。

幼2:我看见它躲进了海葵里。

......

小结：原来平静的海里会有许多危险,海洋鱼会想办法保护自己。

二、查找资料,自主记录。

（一）出示海洋鱼记录纸：这是什么鱼？有什么特点？

——这是一个已有经验的展现过程、交流过程,幼儿会就自己对海洋鱼的认识进行交流。

（二）分组合作：海洋鱼有哪些保护自己的方法呢？

——这个过程需要创设环境,让幼儿进行合作学习、自主学习。通过在教室资料库里寻找、发现、记录答案,激起幼儿进一步学习、探索的欲望。

（三）交流分享,汇总结论。

（四）小结：海洋鱼自我保护的方法有很多,有的运用保护色保护自己,有的用攻击的方法,还有的会躲藏起来。

三、情景表演,巩固认识。

（一）提出要求：今天我们来学做聪明的海洋鱼吧。

——让幼儿在情景中运用肢体语言进行表演,既增加了学习的趣味性,同时也进一步巩固了对海洋鱼自我保护特点的认识。

（二）装扮自己：每人自选一条海洋鱼胸饰,教师装扮鲨鱼。

活动中：

教师运用情景语言让幼儿学各种海洋鱼的动作。

当大鲨鱼出现时,教师引导幼儿用肢体语言表现海洋鱼用不同的方法保护自己,如刺尾鱼用刺、比目鱼趴在沙里等。

四、设疑提问,引发探究。

提问：除了海洋鱼会用各种办法来保护自己,其他动物是怎么保护自己的呢？

反思与建议：

1. 本次活动可以引发幼儿对动物与人类自我保护方式的探究。

2. 开展区域绘画活动"海洋鱼在保护自己"。

3. 开展谈话活动"人与动物谁的本领大"。

（黄豪芳）

响 亮 的 大 鼓

活动背景：

　　因为在探索春天的秘密时，中班孩子的年龄特点决定他们较易忽视隐性的变化，所以借此活动将孩子们的关注点吸引到相关探索中。

　　因为前期下了几场雷阵雨，孩子们积累了一些经验，所以为本次集体活动的开展奠定了基础。

　　因为要更好挖掘出故事蕴含的教育价值，所以对新教材原有故事进行修改并制作多媒体课件。

活动要求：

　　1. 通过故事《响亮的大鼓》感受春雷，引起对春天自然现象的关注。

　　2. 尝试运用观察、比较、讨论等方法解决活动中遇到的问题，并能较完整地表达自己的想法。

活动准备：

　　1. 教师：改编新教材故事《响亮的大鼓》。

　　　　　　自制多媒体课件，准备多媒体设备。

　　　　　　前期活动照片布置而成的版面。

　　2. 幼儿：听到、看到过春雷、春雨。

　　　　　　认识一些动物，对它们的特征及生活习性有一些了解。

　　　　　　开始探索、发现春天的秘密，有一些经验。

活动过程：

　　一、回忆、交流已经发现的春天的秘密。

145

——已有经验回顾交流是活动的"热身"。

活动中：

师：你发现了春天的哪些秘密？

幼1：我发现小草变绿了。

幼2：我发现迎春花开了。

幼3：我发现蚕宝宝慢慢长大了。

幼4：我发现蝴蝶飞来了。

……

小结：我们发现了春天的秘密：小草变绿，种子发芽，花儿开放，动物长大。春天还有很多秘密，等着我们小朋友快快去发现。

二、听听、看看、说说《响亮的大鼓》。

（一）分段讲述故事，体验春雷与冬眠动物的关系。

● 第一段

1. 引出故事角色一——青蛙。

——指向对动物外形特征的全面了解，引导孩子们学习一种思考的方法，即全面、综合地考虑问题。

活动中：

师：今天我请来了一位也很喜欢春天的动物朋友，你们猜是谁？

孩子们随意猜，猜什么动物的都有。

师：这个朋友有四条腿。

有的孩子猜老虎、有的猜兔子、有的猜马……

师：这个朋友有四条腿，大嘴巴。

刚才猜老虎的孩子得意洋洋，也有孩子猜河马、鳄鱼、青蛙。

师：这个朋友有四条腿，大嘴巴，白肚皮。

猜河马的孩子有的支持老虎，有的支持鳄鱼，有的支持青蛙。也有的孩子只关注了白肚皮，而把前面两个条件忽略了，老师要引导孩子将几个条件综合考虑后猜。

师：这个朋友有四条腿，大嘴巴，白肚皮，绿衣服，唱起歌来呱呱呱。

孩子们异口同声地叫起来："青蛙，青蛙。"

老师演示课件,并用儿歌小结:看,它来了。青蛙穿绿衣,挺着白肚皮,张开大嘴巴,唱歌呱呱呱,风里雨里捉害虫,我们大家喜欢它。

2. 讨论:"你们喜欢青蛙吗?""冬天青蛙在干什么?"

活动中:

幼:冬天青蛙在冬眠。

追问:它在哪儿冬眠?

幼:在洞里冬眠;在泥里冬眠。

师:它到底在哪儿冬眠呢? 我们一起来看看。

3. 演示课件,并讲述故事第一段。

回忆故事:"青蛙在哪儿冬眠?""青蛙怎么会醒过来?"

4. 猜测:"青蛙想知道是谁在敲大鼓。你觉得会是谁在敲大鼓?"(针对能力强的幼儿追问:"为什么猜是它在敲大鼓?")

● 第二段

1. 引出故事角色二——蛇。

——指向对画面细节的观察,对孩子的观察能力提出挑战。

活动中:

老师演示影子:这是谁?

孩子们有的认为是蛇,有的认为是蚯蚓,有的认为是蚕宝宝,还有的认为是毛毛虫。

师:你们说的好像都对,蛇、蚯蚓、蚕宝宝、毛毛虫都是长长的。

演示课件,放大画面:"小青蛙走近仔细看看,是谁? 为什么?"

活动中:

幼1:是蛇。因为它的舌头在一动一动。

幼2:我也觉得是蛇,因为蛇的舌头是分开的。

演示课件验证猜测。

提示:每一个地方都要看,而且要看得仔仔细细。大的地方看好,还要看小的地方。

2. 演示课件,并继续讲述故事。

● 第三段

147

1. 引出故事角色三——狗熊。

——指向听觉的运用,对孩子的听辨能力提出挑战。

活动中:

老师演示脚步声:谁来了?

幼:大象来了。

追问:你怎么知道是大象来了?

幼:因为大象走路声音很响。

老师继续追问:还有哪些动物走路声音很响?

幼:老虎、狮子、狗熊……

2. 演示课件验证猜测。

老师小结:原来很重、很胖、很大的动物走路,发出的声音就很响。

3. 继续演示课件并讲故事。

● 第四段

1. 引出故事角色四——乌龟。

——指向生活习性的分析,对孩子已有认知经验提出挑战,对活动中积累的经验进行再运用。

活动中:

师:这个朋友是从蛋里出生的。

有的孩子猜小鸡,有的猜鸭子,有的猜鹅……

师:它们有的住在水里,有的住在陆地上。

大部分孩子猜乌龟。

师:它也要冬眠,冬眠的时候可以睡在泥土里,也可以睡在沙子里。

猜乌龟的孩子坚定自己的想法。

2. 演示课件验证。

3. 引导幼儿续编故事:"青蛙、蛇、狗熊看见乌龟有什么问题要问它?"(是你在敲大鼓吗?)

● 老师接着讲故事,演示课件揭晓答案。

三、延伸活动:引发对春天、春雨等自然现象的关注。

讨论:"你们听到过雷公公敲大鼓吗?""雷公公敲鼓的声音是怎样的?""雷公公

来了,谁也会跟着来?"

反思与建议:

随着雨天的增多,可以逐步开展一系列有关春雨的探索活动。

附一　改编故事《响亮的大鼓》

青蛙在泥洞里睡大觉,它已经睡了整整一个冬天了。突然,外面响起了轰隆隆、轰隆隆的声音,把它吵醒了。青蛙伸伸懒腰问:"是谁在敲大鼓啊?"外面没有声音。

青蛙只好爬出泥洞,蹦蹦跳跳地来到一棵柳树边,看见地上有一个朋友的影子,原来是小蛇。

青蛙问小蛇:"是你在敲大鼓吗?"蛇摇摇头说:"不是,不是我在敲大鼓,我也是被轰隆隆的声音吵醒的。"青蛙说:"我们一起去找找是谁在敲大鼓吧。"

青蛙和蛇一起往前走,听到远处传来一阵脚步声,是狗熊来了。

青蛙和蛇问:"大狗熊,是你在敲大鼓吗?"狗熊摇摇头说:"不是,不是我在敲大鼓。我和你们一起去找找是谁在敲大鼓吧。"

青蛙、蛇、狗熊一起往前走,它们又遇到了乌龟。它们问:"是你在敲大鼓吗?"

乌龟说:"不是,不是我在敲大鼓。我也是被轰隆隆的声音吵醒的。"

这时天上又响起了轰隆隆的声音。哦,原来是雷公公在敲大鼓。雷公公敲大鼓告诉大家:春天来了,春天来了,冬眠的动物快醒来。雷公公敲大鼓告诉大家:春天来了,春天来了,朋友们快到草地上一起玩游戏吧。

附二　自制课件《响亮的大鼓》部分画面

（金　胤）

春 天 的 花 园

活动背景：

这是一个关于颜色的活动。

春天是五彩的。

春天的花园是五彩的,有不同颜色的漂亮的花……

春天苏醒的生命是五彩的,有刚刚从冬眠中醒来的小熊、可爱的小青蛙,有美丽的蝴蝶……

五彩的世界也给孩子们留下表达的激情。

本次活动期待孩子们在这样的情景下,通过游戏的形式学说不同颜色的英语。

活动要求：

1. 在游戏过程中学说英语 gold 和 silver。

2. 激发幼儿对颜色的兴趣。

活动准备：

单词 gold 和 silver。

各色纸花(用皱纹手工纸制作,人手一份)。

各色纸蝴蝶(用皱纹手工纸制作,人手一份)。

小熊、青蛙的剪纸(用普通手工纸制作,人手一份)。

活动过程：

一、热身活动。

播放儿歌"Under the spreading chestnut tree"：

Under the spreading chestnut tree, sitting both you and me.

Oh，how happy you we will be，under the spreading chestnut tree.

结合身体的动作，双臂张开（模仿大树的样子），然后在头顶交叉（栗子的样子），模仿坐下来的样子，用手指指着自己喜欢的朋友，做高兴的表情，双臂张开（模仿大树的样子）。

二、看看说说：花园里有什么。

（一）教师出示春天花园的图片，幼儿根据个人经验进行表达。

活动中：

T：What can you see?

S：Flower, frog, bear.

T：Rain rain fall fall fall，Flowers flowers tall tall tall.

（小雨小雨沙沙沙，小花小花快长大，边说边模仿下小雨和小花长大的样子）

T：What color is it?

S：Red, yellow, blue, pink, purple...

（二）请幼儿把不同颜色的小花贴在自己的 T 恤上。

（三）模仿小青蛙的声音唱歌"Spring is coming"。

Spring is coming o-yeah，wa-wa；Spring is coming o-yeah，wa-wa；Spring is coming，Spring is coming，Spring is coming o-yeah，wa-wa.

（四）复习青蛙、小熊等动物及相关颜色。

活动中：

T：Who is coming?

S：Frog is coming.

T：Let's sing a song for frog.（把小青蛙的图片贴到 T 恤上）

T&S：I am a frog, walk walk walk.

I am a frog, run run run.

I am a frog, jump jump jump.

I am a frog, quickly sit down.

（教师模仿小青蛙的样子，调动孩子的兴趣，进而关注小青蛙的颜色）

T：What color is it?

S：It is green.

T：Now who is coming？（出示小熊的图片）

T：Let's say "hello".

Hello！Hello！Hello！Hello！Bear, bear！

Hello！Hello！Hello！Hello！I love you！I love you！

——用唱一唱、说一说的方式复习此前学过的小动物和颜色。

三、游戏"Who is missing"。

学习单词 gold 和 silver，注意发音，并用游戏"Who is missing"形式练习。

活动中：

T：I am a butterfly, flying in the sky. I love flowers, I am a butterfly.

——用歌曲配合动作，引出新内容。

T：Who is coming？

S：Butterfly.（蝴蝶）

T：What color is it？

……

四、角色扮演游戏。

（一）挑选自己喜欢的角色，有各色纸花，金色、银色纸蝴蝶，小熊，青蛙。

（二）播放儿歌"Color"开始游戏。

儿歌唱到哪个颜色，带有哪个颜色小动物的孩子就走出来表演。

Red yellow green and blue, stand up.

Red yellow green and blue, turn around.

Stretch up high above your head, red yellow green and blue sit down.

Pink purple brown and tan, stand up.

Pink purple brown and tan, turn around.

Stretch up high above your head, pink purple brown and tan sit down.

Gold silver black and white stand up.

Gold silver black and white turn around.

Stretch up high above your head, gold silver black and white sit down.

——在各个环节中不同层次的孩子可以选择自己喜欢的颜色和小动物，然后唱一唱，动一动，参与到游戏中。孩子不是简单地重复而是通过观察和倾听，再认再现此前学过的和自己刚刚学到的英语单词的发音。

（三）小动物回家。

先请 gold 颜色宝宝回家，用英语说颜色，然后把贴纸贴在老师的 T 恤衫上。其他颜色依次进行。

（李天虹）

池塘里的小青蛙

活动背景：

　　春天来了，青蛙是孩子们熟悉和常见的动物。借助欢快的歌曲，可以让孩子们进一步关注青蛙的外形特征和生活习性。

　　"呱呱、呱""呱呱、呱"……青蛙的叫声是有节奏的。借用歌曲的旋律，可以让孩子随着旋律节奏对青蛙的叫声展开想象、说唱。

　　"池塘里的小动物"是一个音乐活动。借助肢体动作，可以营造优美欢乐的艺术氛围，引起幼儿对音乐活动的兴趣。

活动要求：

　　1. 感受并熟悉歌曲《小青蛙》，乐意模仿池塘里的小动物。
　　2. 能围绕小青蛙的叫声想象小青蛙的开心事，学着说唱。

活动准备：

　　1. 与主题"春天来了"相关的经验。
　　2. 多媒体课件、歌曲录音《快乐的小青蛙》。
　　3. 地上贴几张大大的荷叶，布置成"小池塘"。

活动过程：

一、玩玩跳跳，熟悉旋律。

（一）在小青蛙的音乐旋律中，教师带领幼儿来到"池塘边"。

——场景的创设不仅可以吸引孩子投入活动，而且起到"身临其境"的作用。

活动中：

师：春天到啦，天气真暖和呀，小池塘里的水清清的，游来了许多小动物，它们是谁呀?

幼:小鸭、小虾、小乌龟、小鱼……

(二)幼儿跟随乐曲自由模仿各种小动物的动作。

——教师有意识地引导个别幼儿进行肢体动作示范,并用舞蹈语言鼓励幼儿大胆地表现。

活动中:

师:你们瞧,这条小鱼的尾巴会甩来甩去,它在干什么呀?

幼1:它的尾巴甩呀甩。(边说边模仿)

幼2:它在吹泡泡。(边说边模仿)

师:你们觉得它像一条小鱼吗?我们也来做条快乐的小鱼,到池塘里去游一游。(集体练习,教师用舞蹈语言提示)

——教师观察并发现个别幼儿的"形似"动作,引导集体模仿。

活动中:

师:猜猜我是谁呀?(教师表演天鹅)你们是怎么看出来的?

师:对呀,这是我长长的脖子,这是我洁白的羽毛,我会游泳,我会飞!瞧我多漂亮,瞧我多神气!

(三)伴随乐曲,教师模仿天鹅的动作,引导幼儿欣赏感知。

——重在欣赏,如果幼儿有兴趣,可以集体模仿。教师可以配上相应的舞蹈语言,如天鹅伸长脖子说:瞧,我有多美丽,我的羽毛多漂亮!

二、欣赏感受,想象表达。

(一)播放小青蛙"咕儿呱呱"的叫声,教师以天鹅的神态做东张西望状。

活动中:

师:咦,是什么声音?(再次听录音里的叫声,验证是小青蛙在叫)

幼:小青蛙在叫。

(二)幼儿完整欣赏一遍歌曲《快乐的小青蛙》,初步感受歌曲。

活动中:

师:你们刚才听到什么呀?小青蛙是怎样叫的,我们一起学学。(练习"咕儿呱呱")

幼:是小青蛙在唱歌;咕儿呱呱,咕儿呱呱。

师：小青蛙在唱什么呀？

——这个问题对孩子来讲回答可能有困难，教师可以追问。

追问：咕儿呱呱，咕儿呱呱，小青蛙们好像在做什么？说什么话呢？

幼1：小青蛙在捉虫。

幼2：小青蛙在水里游来游去……

——引导幼儿大胆想象并迁移已有的生活经验、认知经验。

师：我们把两只小青蛙说的话合起来，配上好听的音乐一起来说说，行吗？

——根据幼儿的回答，教师及时地用说唱式的节奏语进行概括。如：咕儿呱呱，咕儿呱呱，虫儿捉得多又多。又如：咕儿呱呱，咕儿呱呱，春天天气真正好。然后引导幼儿跟着乐曲有节奏地说说并做做青蛙的开心事。

过渡语：

咕儿呱呱，咕儿呱呱，小青蛙们有那么多开心的事想告诉大家。这里也有一群小青蛙，我们一起来看看它们在干什么？说什么？

三、播放课件"快乐的小青蛙"（配放歌曲录音）。

（一）进一步感受乐曲的欢快旋律。

活动中：

师：你们看到小青蛙们快乐吗？它们在干什么呀？

幼1：小青蛙在荷叶上跳来跳去。

幼2：小青蛙伸出了舌头。

幼3：捉害虫。

幼4：有一只小青蛙钻到水里去了……

（二）教师结合幼儿讲述的内容，即兴地用歌唱方式进行小结。

——进一步帮助幼儿感受歌曲的快乐，欣赏歌词内容。

活动中：

师：小青蛙的歌唱得真好听，他们在游泳、捉虫、唱歌、找朋友，玩得真开心啊！我也想做一只快乐的大青蛙，我来表演给你们看好吗？

（三）幼儿完整欣赏教师表演歌曲。

四、唱唱跳跳，学做"快乐的小青蛙"。

师：小青蛙真快乐啊，它的歌唱得真好听，舞蹈跳得真快乐，让我们和这些小青蛙一起来唱唱跳跳吧!

——引导幼儿跟着音乐和多媒体画面中小青蛙的动态进行自由表现。

反思与建议:

1. 在区角里饲养小蝌蚪,观察、记录蝌蚪变青蛙的过程,并开展阅读活动《小蝌蚪找妈妈》。

2. 播放课件"快乐的小青蛙",引导幼儿听音乐自编舞蹈,唱唱跳跳。

（余　泓）

享 受 "夏"

活动背景：

"季节"是一个贯穿小、中、大班的话题,因此在本次活动中既有对以往经验的梳理,又有对四季轮换的初步感知。

"享受"是指引导幼儿发现生活中的美。享受"夏",可以使孩子们懂得在炎热的夏天里,我们同样有很多乐趣。

借助本次活动,还可以帮助幼儿初步了解简单的统计,并尝试用绘画符号进行简单的记录,积累相关的学习经验。

活动目标：

1. 尝试用不同方式表达对夏天的认识,学会享受夏天里的快乐。
2. 尝试简单的调查统计活动,为今后的学习积累一定的经验。

活动准备：

1. 春夏秋冬文字标识图。
2. 调查统计表、记录用纸和笔。
3. 与夏天相关的图片若干。
4. 建构材料小花片若干。

活动过程：

一、说说自己喜爱的季节,尝试简单的调查统计。

——以汉字导入,让幼儿很快地进入活动,体会四季的轮换。估计幼儿会从自己的经验出发,从不同角度表达对四季的认识。

（一）一年有四季。

导语：现在是夏天了，那么一年中其他的季节分别是什么呢？（出示汉字）

追问：冬天过了是什么季节？

小结：原来一年中的四个季节是不断轮换的。

（二）投票统计：最喜欢的季节。

——教师借助汉字提示，示意孩子们把投的票（用小花片替代）粘贴在相应的汉字下。

导语：每人只有一次投票机会，选择一个你最喜欢的季节，把小花片贴在相应季节下面。只有一次机会，所以大家要考虑清楚噢！

活动中：

老师和孩子们一起清点票数，判断投票是否公平，根据票数的多少，选出最受欢迎的季节，最不受欢迎的季节。

小结：因为每人只能投一票，所以投票总数与人数相同，评选结果才公平、公正。

二、回忆夏天，体验夏天是个十分炎热的季节。

——教师可结合幼儿评选结果自然导入，如：我们来聊聊最受欢迎的夏天。或者：现在正是夏天，今天我们就先来聊聊关于夏天的事情吧。

（一）用一种颜色来比喻夏天。

导语：在你的心目中，夏天是什么颜色的呢？

活动中：

幼：我觉得夏天是红色的。

师追问：为什么呢？

幼：因为夏天很热。

师：夏天还有可能是什么颜色的呢？

幼：是蓝色的，因为夏天可以去游泳。

……

（二）用一个词语来形容夏天。

——鼓励幼儿用不同的颜色、词汇来形容夏天。如果幼儿词汇比较单一，教师可及时提醒，给予提示。

导语：请你用一个词语来形容夏天吧。

活动中：

幼：夏天很热的。

师：那我们可以说，炎热的夏天。

……

（三）用一个办法来享受夏天。

——鼓励幼儿用绘画的方式表达享受夏天的方法。如果幼儿对于"享受"一词不理解，可以组织幼儿进行简单的讨论。

导语：夏天虽然很炎热，但是在夏天，我们还是可以享受许多美妙愉快的事情。你是怎样享受夏天的？

活动中：

幼1：我在家里吹空调。

幼2：我吃西瓜。

幼3：我和爸爸、妈妈到海边去游泳。

……

师：我也来介绍一下我享受夏天的方法。小的时候，我会在夏天的夜晚，坐在大树底下乘凉，一边摇着大蒲扇，一边数着天上的星星。（教师出示自己的画）

（四）画画说说：享受"夏"。

导语：你们也来画一画，你是怎样享受夏天的快乐的。

请你介绍一下自己的画。

——在幼儿画画的过程中，鼓励幼儿自由结伴交谈绘画内容。

重点：引导幼儿画画说说使自己凉快的方法以及符合夏季特征的活动。

小结：有了那么多方法，炎热的夏天也变得如此美妙，让我们一起享受夏天，享受生活。

反思与建议：

1. 组织幼儿进行各种夏季活动，真正地享受夏天，感受夏天的乐趣。

2. 生活中进一步引发幼儿对于夏季动植物变化的探究。

附投票教具制作示意图

春	夏	秋	冬
★ ★	★	★ ★ ★	★

底板用 KT 板制作,即时贴粘贴分隔线,汉字下的空白处为幼儿投票粘贴处。

（黄敏君）

马路上的数字

活动背景：

　　数字,在孩子们的生活中真不少,而马路边更是有许多可以看得到的数字。

　　这些数字有的是一个个地出现,有的是一组组地出现,还有的是轮流出现,它们在告诉我们什么?

　　有的数字相同,可是会出现在不同的地方,它们的意思是一样的吗?

　　生活中的数字怎么读? 小朋友们可以怎样用这些数字?

　　带着好奇,在孩子们外出观察寻找"马路边的数字"之后,我们展开了讨论……

活动要求：

　　1. 通过寻找马路上的数字,使幼儿感受数字在生活中的应用。

　　2. 了解数字在不同地方能表达不同的意义。

活动准备：

　　1. 相关照片(路牌、门牌、车牌、电线杆、公用电话亭、外卖热线、信箱、110 报警电话等)。

　　2. 多媒体课件 PPT1"幼儿园的门牌",PPT2"数字比大小",PPT3"火箭发射"。

　　3. 数字卡片若干,纸片,笔。

活动过程：

一、马路上找到的数字。

(一)交流:马路上哪里能找到数字?

　　——在事先的外出过程中幼儿已有了观察、认知经验,所以不必展开过多的讨论,通过图片的展示即可快速唤醒幼儿的原有经验,引发进入下一环节的兴趣。

（二）我们在许多地方都找到了数字。

活动中:

幼儿说:"饭店牌子上有数字。"老师问:"是什么?"幼儿说:"是电话号码。"老师又问:"电话号码你们会读吗?我们来读一读。"……一步步追问,引导孩子将此与生活经验联系起来,与实际的运用联系起来,也为后面活动中的读数作铺垫。

二、数字的秘密。

导入:老师在马路上也找到了数字,你们想不想来猜一猜、读一读?

（一）出示数字"19",读读、猜猜、说说数字在门牌上的作用。

——在纸片上写简单的"19"两个数字,没有任何暗示,给予幼儿更大的联想空间。

1. 了解数字 19 的意义。

活动中:

师:这是什么数字?你们知道我是在哪里找到的?

出示门牌 PPT 课件,门牌上的数字 19 表示在什么路上的第 19 号人家。

师:猜猜这里的第 19 号人家是什么地方?

通过 PPT 课件验证,原来本溪幼儿园是在凤城路上的第 19 号。

——教师选择的数字考虑到与下个环节"数的排列"的适应,还考虑到幼儿的年龄、生活经验等因素,激发其对幼儿园的喜爱。

2. 了解数的排列。

活动中:

师:在 19 号前面肯定还会有几号呢?

幼:18 号、17 号、16 号。

师:最小的可能是几号?

幼:1 号、11 号、0 号。

师:0 你们觉得还有吗?

幼:没有了。

师:0 就没有了,找不到了。最小的你觉得是几号啊?

幼:1 号。

师：同意吗？19号前面肯定有最小的是1号，那么19号后面最大的可能是几号？

幼：20、25、……100。

师：19号前面肯定有18号、17号，但是后面到底有没有20号、21号……我们不知道，下次去找找。

师：门牌号码就像我们小朋友排队一样，总是从第1开始，第2、第3……一直排下去。

——数序的前后、排列、大小问题放在生活情境的讨论中展开，幼儿易于理解和接受。

3. 读门牌号。

活动中：

师：门牌上为什么要有数字？

幼：就知道你要找的这个地方。

师：数字能帮助我们很快找到要去的地方是几号。（出示板书"门牌"）

师：我这里还有好多门牌号码，你都认识吗？（出示44、35、61）幼儿集体读数。

师：这些两个两个的数字，我们可以读成"几十几"。再来看一个数字（出示123）

幼：1、2、3；一百二十三。

师：有时候三个数字的我们也可以读成"几百几十几"。

师：下面还有许多门牌号码，每人拿一张读读。

幼：139、255、193、220……

师：读得真棒，你们找家的本领一定很大。

——读数时要注意引导幼儿正确的看数方法：从左向右看。读两位数还是三位数，可以根据班级幼儿水平选择，比原有经验稍难一点有挑战，幼儿更喜欢。

（二）出示12元和21元，读读、比比哪个大、哪个小，说说数字的作用。

1.（出示板书）怎么读？在哪里会有这两个数字？这两个数字告诉我们什么？……原来，数字可以告诉我们商品的价格是多少。

2. 12元和21元哪个更贵些？为什么？

3. 结合课件PPT比大小。

活动中：

师：12我们用12个小圆点来表示，21我们也先用12个小圆点，够吗？

幼：不够。

师：怎么办？

幼：要加（幼儿从12点数到21）。

师：这是12，后面是13……

师：看看谁大？大多少？

幼：数一数，跟着我的箭头数。大几个？

幼：9。

师：21比12大9，所以21元比12元贵，12元比21元便宜。

——在PPT课件的制作中，一开始出现的12和21的点子都是相同数量的（即12个），从幼儿点数13开始，出现不同颜色的点子，帮助幼儿比较多出来多少。

小结：原来21比12大，所以21元要比12元贵，12元比21元便宜。

4. 比12元便宜的可以是几元，最便宜的是几元？比21元贵的可以是几元？

——一步步的追问可以引导幼儿进一步掌握数的大小。

小结：在我们买东西时，你会看见商品的价格是几元，数字越小表示价格越便宜，数字越大表示价格越贵。

——教师通过"比数字大小"的活动，引导幼儿将对数的认识迁移运用到实际生活中，了解数字的意义，提升了经验。

（三）出示一组数字，读读、猜猜并交流此时数字的作用。

1. 看录像，了解"倒计时"。

活动中：

师：马路上的红绿灯为什么会有数字呢？

幼1：告诉我们要抓紧时间。

幼2：告诉人们时间，马上要变红灯了，请快到马路对面去。

师：哦，红绿灯上的数字可以提醒我们时间，让我们赶快过马路。这些数字是怎么数的？

幼：19、18、17、16……（边看边数）

师：和我们平时数的方法一样吗？我们平时是怎样数的？

幼：1、2、3……

师：哦，平时是从1往后面数的。这次呢？

幼：倒过来，从后面往前面数。

师：哦，把它倒过来数，红绿灯的数字是倒着数的。

2. 你还知道什么东西上的数字也是倒数的？

——这一问题需要幼儿原有经验的支撑：微波炉转食物、爆炸定时器、火箭发射，甚至小朋友排队时的倒计时等。这些反映了不同幼儿接收的不同信息，同时交流时还可以相互启发、活跃思维。

小结：这里的10、9、8······和红绿灯上的数字一样都是代表时间的，是"倒计时"。

3. 做游戏"火箭发射倒计时"。

（1）幼儿看数字牌，从10开始倒数。

——幼儿倒数成功一次，PPT的动画就发射成功一架火箭，激发幼儿学习的主动性。

（2）教师打节奏，幼儿看数字牌8、12倒数。

——幼儿一起数数不容易整齐，教师打节奏，暗示幼儿听节奏跟着数，既能提高"数数"的质量，又融入了"听"的要求。另外，从10开始的倒数，幼儿可能会形成定势，并不一定代表幼儿真正的水平。所以，教师提供了不同的数字如8、12，让幼儿接着倒数下去，进行思维的训练。

（3）加快速度，幼儿看数字牌16倒数。

小结：（边说边用板书归纳）生活中的数字真多，我们不仅在门牌上找到数字，广告上的商品价格也有数字，就连红绿灯上也有控制时间的数字······数字在不同的地方有不同的作用。

——帮助幼儿对生活中数字的不同意义进行初步的分类。

三、迁移运用数字的意义。

（一）出示数字114，幼儿讨论。

活动中：

师：哪里会有这个数字？怎么读？

幼：门牌上的一百十四号。

幼：商品价格一百十四元。

幼：电话号码114。

师：是电话号码吗？平时的电话号码不是有许多数字吗？我们来打打看。（打电话）原来114也是电话号码，可以帮助我们查询想知道的电话号码，真方便。

——运用打电话的形式来回应幼儿，激发幼儿的好奇心，让幼儿了解数字在不同用途时有不同的读法。

（二）数字114除了可以在电话号码、门牌上出现，还可以在哪里出现呢？你们去找一找、记一记，我们一起来看看数字114一共可以在多少个地方出现。

（顾菊萍）

大班

啥呃花车开来了

活动背景：

山东快书、东北二人转、江南小调、评弹都是孩子们喜欢模仿的方言，上海话自然也成了孩子们关注的热点。教师以"沪语"为媒介，让孩子关注自己的家乡，关注家乡的特色，用家乡话来表达自己的情感。

活动要求：

1. 在鲜明的节奏中用上海方言介绍花车，感受家乡方言说白的情趣。
2. 初步学着集体进行创编，体验集体合作的愉快。

活动准备：

1. 已有关于花车巡游的经验，自己动手制作过花车。
2. 多媒体课件。

活动过程：

一、引导幼儿交流，分享观看旅游节花车的感受。

——鼓励幼儿将节奏语言与生活语言相结合，讲述自己的发现。

（一）上海旅游节到了，我们来为世界各地的游客介绍我们上海好吗？

上海说唱（钢琴伴奏）：

上海到，到上海，上海真是个好地方，

金茂大厦明珠塔，还有闹猛（热闹）的城隍庙。

上海人欢喜吃点啥？特色小吃品种多，

酒酿圆子糍毛团，小笼馒头八宝饭。

上海人欢喜白相（玩）啥？弄堂游戏样样有，

拉铃子,抽陀螺,弹子、结子、跳房子。

欢迎大家到上海,一道参加旅游节,旅游节!

(二)除了刚才我们儿歌里介绍的,谁再来说说旅游节还有什么有趣热闹的事情?

二、创编方言儿歌。

(一)观看多媒体"旅游节的花车",教师创编沪语儿歌。

——教师给孩子观看上海旅游节花车巡游的多媒体,让孩子有直接的感官体验。

1. 上海旅游节开幕式上的花车巡游真漂亮,我们再来看看花车好吗?

2. 观看上海旅游节花车巡游的多媒体,幼儿尝试用上海话介绍喜欢的花车。

引导幼儿用上海话来形容花车。

提问:这次旅游节是在上海举行的,所以你能不能用上海话来介绍你喜欢的花车呢?

活动中可以适当纠正和解释孩子们有可能出现的"洋泾浜"沪语。

3. 我把你们刚才介绍的花车编到上海话的儿歌里了,请你来听听。

4. 教师用钢琴伴奏小结:

旅游节,开始了,淮海路上真闹猛。

大家快来看一看,啥呃花车开来了?

水果花车开来了,就像一只大果篮。

活动中:

师:你还想介绍哪一辆花车,它是什么样的?

幼儿说出花车的特征,教师帮其编入说唱词中:

旅游节,开始了,淮海路上真闹猛。大家快来看一看,啥呃花车开来了?鲜花花车开来了,五光十色亮晶晶。

——教师的示范给了孩子们一个创编的模板,让幼儿感知生活语言和节奏语言间的联系。

(二)鼓励幼儿创编儿歌,积极表达。

1. 我们一起用上海话来编一辆花车儿歌好吗?你想选哪一辆?(集体创编)

活动中:

创编过程中会出现字节不够、多字节的句子如何嵌入节奏以及创编不合拍等问

题,教师要引导孩子关注这些细节,可以追问:

你们觉得这样说好吗?

他们谁的办法好?

什么地方需要修改一下?

教师小结:可以用少说几个字、换个差不多意思的词、说得快一点等好办法来编儿歌。

2. 请你找几个好朋友一起来编介绍花车的儿歌(幼儿自由结伴进行创编)。

三、延伸活动。

小朋友自己也动手做了好多有趣的花车,下次来介绍我们自己做的花车吧!

——激发孩子用上海话创编儿歌的兴趣。

(严 蕾)

让 爱 住 我 家

活动背景：

大班幼儿已能感受来自父母的爱,但他们对爱的理解比较片面,往往认为父母的爱是应该的,不知道要去关爱父母。

具有健全人格的人应该懂得在接受他人爱的同时感恩、关爱他人,这应该从幼儿时期就开始培养。

活动要求：

在感受父母关爱的基础上,懂得关心和理解父母,并能大胆表达自己真实的想法。

活动准备：

1. 歌曲《让爱住我家》。
2. 录像《蜡笔小新》片段。
3. 每个幼儿爸爸妈妈的录像。

活动过程：

一、《让爱住我家》歌曲导入,引出谈话。

提问：这是什么歌? 唱起来感觉怎样?

你们家里有爱吗? 你是怎么感受到的?

你们是不是认为家里只要有爸爸妈妈的爱,就算是一个有爱的家了呢?

——这是一个开放的问题,能看出孩子对家里爱的理解是片面的,认为只有爸爸妈妈对宝宝的爱,没想到自己对他们的关爱,凸现了矛盾。一首歌曲自然引出谈话主题,引导幼儿进入情感世界。

活动中：

幼：有的，爸爸爱我，妈妈也爱我。还有爷爷奶奶也爱我。

二、观看录像，引发讨论。

（一）观看录像《蜡笔小新》片段。

师：请你们仔细看看录像，想想小新家里有爱吗？

片段内容：小新回到家，妈妈在烧饭，身体很不舒服。小新吃好饭，妈妈没吃就去睡了。小新在外面看电视，笑声很大，妈妈睡不着。

——用一个有矛盾冲突的片段，让孩子展开讨论，目的是为了让孩子知道家里不仅要有父母对宝宝的爱，还要有宝宝对父母的关爱。

（二）讨论：你认为小新家有爱吗？为什么？

活动中：

幼1：小新家里有爱的，妈妈很爱宝宝，身体不好也要照顾宝宝。

幼2：宝宝不爱妈妈，妈妈身体不好也不关心。

幼3：可是小新不知道妈妈身体不好，妈妈没说。

幼4：那不能看出来吗？……

——讨论中孩子生成了一个问题：小新妈妈没对孩子说自己身体不舒服，小新不知道妈妈病了，但有孩子反驳，认为要用眼睛去关心妈妈。这个讨论给了孩子关爱大人的一些方法的启示。

小结：原来，小新家里有的是爸爸妈妈对他的爱，缺少的是小新对爸爸妈妈的爱。

（三）迁移：你们家里有没有发生过像小新家里发生的事？

小结：一个有爱的家，如果只有爸爸妈妈对宝宝的爱是不够的，还应该有宝宝对爸爸妈妈的爱。

三、情景互动，情感渲染。

（一）你们的爸爸妈妈有许多心里话想对你们说，你们仔细听。

播放每个家长说一段话的录像，家长回忆孩子关心和不关心他们的点滴事情和真实感受。

活动中：

有的孩子难为情地脸红了，有的孩子被父母的话感动得掉泪了。

（二）你们现在有什么想法？请你和爸爸妈妈说说心里话。

活动中：

幼1：爸爸妈妈，我以后会把你们当宝贝的。

幼2：爸爸妈妈，等你们老了我来背你们。

幼3：爸爸妈妈，我爱你们！

……

——这里突出爱的情感升华，幼儿的情感表达发挥得淋漓尽致。当孩子们听到了自己父母的话，能深切体会到父母也需要他们的关爱。

（三）让我们每个人的家里永远有爱，播放歌曲《让爱住我家》，师生一起欣赏。

反思与建议：

1. 开展调查记录活动"爸爸妈妈的小帮手"，请家长和孩子共同记录孩子对父母的关爱。

2. 结合社会时事活动，及时在班级开展"献爱心"活动。

（黄豪芳）

茉 莉 花

活动背景：

　　孩子们对具有民族特色的事物有很大的兴趣,因此,借助歌曲《茉莉花》,让孩子关注中国的传统民歌,借用视听手段让孩子感受歌曲的优美。

　　孩子们热爱自己的家乡,有歌唱表现的愿望,因此,借助同伴间的合唱让孩子关注世博,关爱同伴。

活动要求：

　　1. 在听听、看看、尝尝、玩玩的过程中,感知茉莉花的特征,初步学唱歌曲。

　　2. 了解《茉莉花》是一首代表中国形象的传统民歌,从而激发幼儿的民族自豪感。

活动准备：

　　1. 茉莉花的图画 PPT 课件。

　　2. 上海申博宣传片的视频。

　　3.《茉莉花》的伴奏磁带及春天合唱团的合唱曲《茉莉花》。

　　4. 茉莉花茶的茶球,茉莉花香的空气清新剂。

活动过程：

一、满园春色——说说喜欢的花。

(一)提问：春天是个美丽的季节,盛开着许多花,你最喜欢什么花? 为什么?

——这是活动的导入,激发孩子的参与热情,共享关于花的经验。

活动中：

大班的孩子对这样的问题能够比较明确地回答,并且会加上修饰词语,所以教

176

师可以适当加以追问：你喜欢的花是什么颜色的？花瓣是什么样的？你闻过它的气味吗？

（二）教师小结：春天是一个百花齐放、万紫千红的季节。

二、茉莉花开——感知茉莉花。

——运用嗅觉、听觉、视觉等不同的感官加强孩子对茉莉花的感知，让孩子有感性的认识。

（一）在空中喷洒茉莉花香的空气清新剂。

师：有一朵小小的花，在温暖的春天渐渐开出了美丽的花，请你闻一闻，猜猜它是什么花？

师：你闻过这种香味吗？感觉怎样？

（二）播放春天合唱团演唱的《茉莉花》：有一首好听的歌可以告诉你它究竟是什么花，我们一起来听一听。

活动中：

在春天合唱团的优美歌声中，教师引导孩子关注歌词对茉莉花的详细描述，可以加以询问，并根据孩子的回答范唱单句，以加深孩子对歌词的理解。

它是谁？

你还听到了什么？

茉莉花是什么样子的呢？

（三）出示茉莉花PPT课件，同时播放春天合唱团演唱的《茉莉花》。

师：这里有4种不同的花，我们仔细听一听、找一找，哪一种是茉莉花？

——孩子观看PPT课件，对歌词的聆听和理解，更进一步激发其对茉莉花的喜爱之情。

提问：哪一张图片是茉莉花，你是怎么知道的？

追问："芬芳美丽满枝丫，又香又白人人夸"是什么意思呢？

（四）再次欣赏PPT课件和春天合唱团演唱的《茉莉花》。

——再一次的欣赏能使孩子有的放矢地对歌词和图画进行观察和关注。通过教师的追问，孩子还能听辨出歌手在演唱歌曲时的表情变化。

活动中：

教师可以追问：你觉得歌手唱得好听吗？他们唱得有表情吗？你会想到些什

么？为什么？

三、花开朵朵——歌唱茉莉花。

（一）播放《茉莉花》的伴奏带：我们也来试着合唱。

（二）提问：你在什么地方听过《茉莉花》这首歌？

（三）教师小结：《茉莉花》这首曲子有着浓郁的中国民族特色，一些重要的会议或者活动上都会用到它。

（四）观看世博宣传片：这次上海申办世博会的宣传片也用了这首歌，我们一起来看看吧！

四、花香四溢——品尝茉莉花茶。

（一）讨论：茉莉花除了有观赏的作用，还有什么其他作用吗？

（二）尝一尝茉莉花茶。

——教师选用茉莉花茶的茶球来泡茶，可以观察到茉莉花的开放、闻到茉莉花和茶叶的清香。

（严　蕾）

了 不 起 的 人

活动背景：

通过活动,除了让孩子了解消防员叔叔了不起的地方之外,还可引导幼儿关心周围的人,关心周围的同伴,发现他们了不起的地方,产生敬佩的情感。

活动目标：

1. 学会关心周围的人,发现他们了不起的地方。
2. 在交流中乐意表达自己的想法。

活动准备：

1. 幼儿参观消防队的录像。
2. 画册《了不起的老师》,画册里画有正在跳舞和唱歌的童童老师。
3. 五角星若干,鼓励幼儿发现同伴了不起的地方。

活动过程：

一、了不起的消防员。

（一）看录像：上次我们一起参观了消防队,还请消防员叔叔表演了许多了不起的灭火救人的方法。他们都是了不起的人,我们一起再来看看吧。

——老师播放录像,引导孩子回忆。

（二）交流：消防员叔叔有什么了不起的事情?

（三）小结：消防员叔叔为了保护我们的安全,每天都在练习本领,哪里有困难,他们就到哪里去帮助别人。

二、了不起的童童老师。

（一）讨论：你觉得童童老师有什么了不起的地方呢?

（二）展示画册：其实老师已经把童童老师了不起的地方画下来啦，我们来看看。

三、身边了不起的人。

（一）提问：你们在身边找到了什么了不起的人？

（二）幼儿交流分享，老师小结：原来我们身边就有许多许多了不起的人，他们有许多许多了不起的事情。

四、了不起的小朋友。

幼儿交流、发现同伴了不起的地方。

五、延伸活动：了不起的展览会。

——鼓励幼儿将同伴了不起的地方记录并展示出来。

（童瑞莉）

西班牙斗牛舞

活动背景：

　　孩子关注各国民族文化，因此，通过活动让孩子了解西班牙极具特色的民族舞蹈——斗牛舞。

　　孩子们乐于合作，因此，通过创编双人舞的形式让孩子协商合作，体验成功的快乐。

活动要求：

　　1. 在学习斗牛舞的基础上尝试大胆创编双人舞，了解双人舞中动静、高低、进退的变化特点。

　　2. 体会和感受各地民族舞蹈的情境。

活动准备：

　　1. 对中国、韩国、日本这几个亚洲国家的风俗习惯有所了解，对西班牙的风俗文化有粗浅接触。

　　2.《卡门序曲》磁带和配有《卡门序曲》的西班牙斗牛视频资料，要求是斗牛和斗牛舞交替的画面。

　　3. 斗牛士的斗篷、扮演牛的牛头等道具。

　　4. 日本舞《樱花》、朝鲜舞《大长今》、汉族舞《步步高》以及各国民族服装、国旗的课件 PPT 和视频资料。

活动过程：

　　一、民族歌舞对对碰。

　　——了解不同国家民族舞蹈的音乐、动作和服装特点，互相交流经验。

（一）提问：世界是个大家庭，你最喜欢哪个国家？为什么？

（二）出示中、日、韩三国的国旗（课件PPT），提问：这是什么国家的国旗？

（三）播放三个舞蹈片段，分别为日本舞《樱花》、朝鲜舞《大长今》和汉族舞《步步高》，提问：这三段舞蹈分别是哪个国家的舞蹈？

——孩子可能会围绕着音乐特征、服装、舞蹈动作等来回答，所以教师可以问得细致一些。

活动中：

教师的追问有：

这是什么国家的舞蹈？你是怎么知道的？

日本的服装有什么特点？为什么要背一个福袋？

韩国的音乐听上去什么感觉？是几拍子的？

《步步高》里你听到哪些乐器？（二胡、笛子、扬琴等民族乐器）

二、听听说说聊音乐。

——孩子体验《斗牛士》强劲有力、节奏鲜明的音乐，创编相应特征的斗牛舞动作。

（一）听音乐《卡门序曲》：刚才你们看到的都是我们亚洲国家的民族舞蹈，今天老师要带你们走得远一点，走进欧洲的一个国家，去看看那里的民族舞蹈是怎样的。先来听一段音乐。

活动中：

孩子们对乐曲有了认知后，教师可以从音乐素养方面加以提问，进行欣赏分析。

这段音乐听上去有什么感觉？

这段音乐的节奏是怎样的？

听上去可能是在干什么？

你会想到些什么动作？

（二）提问：哪个国家的舞蹈会用这样节奏强烈、充满力度的音乐呢？

（三）教师出示西班牙的国旗：对了，是西班牙的民族舞蹈。可到底是西班牙的什么舞呢？

——根据活动前对西班牙已有的认识和了解，孩子可能会说出是斗牛舞。

（四）播放配有《卡门序曲》的西班牙斗牛士斗牛视频，组织讨论：为什么西班牙会有斗牛的风俗呢？

（五）介绍斗牛舞的由来。

从前在西班牙有一个长着牛脸的怪兽，每年都要出来伤害无辜的孩子，人们都非常怕他。有个年轻人发誓一定要消灭这头长着牛脸的怪兽，于是他带着一件色彩鲜艳的斗篷进入了怪兽住的迷宫里。他们战斗了很久，一直打到了悬崖边，突然年轻人从背后把斗篷遮在自己身前。牛脸怪兽一看到颜色鲜艳、不停抖动的东西就会发狂、兴奋，于是它朝年轻人冲了过去，眼看年轻人就要摔下悬崖，他冷静地把手中的斗篷向旁边一让，怪兽立刻摔下了悬崖。从那以后，人们给这个年轻人取了个名字叫"斗牛士"。在西班牙，"斗牛士"的意思就是"最勇敢的人"。后来为了纪念这个年轻人，西班牙把"斗牛"作为一种体育比赛项目，每年都会举行比赛，斗牛舞也成了他们最有特色的民族舞蹈。

（六）播放斗牛和斗牛舞交替的视频资料，幼儿欣赏。

三、风姿飒爽斗牛舞。

——跟着节奏创编双人斗牛舞的动作，体验双人合作造型的动静、高低、进退变化。

（一）播放《卡门序曲》：我们来编斗牛舞的动作，谁来试试看？

——请个别幼儿试一试，说说为什么做这个动作，大家学一学，激发孩子的参与兴趣。

活动中：

师：谁来试试看？（鼓励幼儿大胆上前表演）

师：这是在干什么呀？我们也来做一下。

（二）教师小结并提新的要求：斗牛士的动作要有力度和节奏感，如果我们要跳双人斗牛舞，一个人做斗牛士，一个人做牛，你们会怎样编呢？那里有一些道具，你们可以用。

——孩子已经领会了两人合作的意图，便寻找同伴合作创编。

（三）播放《卡门序曲》，孩子跟着音乐进行创编。

活动中：

教师可以通过提问、模仿、讨论来进行动作的解析：

他们的动作好在什么地方？

你为什么喜欢他们的动作？

他们的造型有什么变化？

（四）教师小结：其实两个人的组合造型可以有很多变化，比如高低、动静、进退的不同都会带给大家不同的感觉。

（五）教师示范：我和×老师也编了一段双人斗牛舞，请你们来找一找，我们的舞蹈中有没有高低、动静、进退的变化？

——教师的示范给了孩子一个直观的认知，孩子们可以在教师的舞蹈中找到高低、动静、进退的变化，从而模仿和创编动作。

活动中：

幼儿再次跟着音乐尝试，教师可以再次追问：

哪一对朋友跳得好？为什么？

他们的动作有什么变化？

四、大家一起跳起来。

师生共同听音乐表演，体验合作的愉悦。

（严 蕾）

千 手 观 音

活动背景：

　　舞蹈"千手观音"在春节联欢会后成为家喻户晓的节目，也受到孩子们的关注与喜爱，成为幼儿园集体活动的素材。

　　活动中，欣赏该作品能让孩子学会发现美、感受美、创造美，产生对民族舞蹈的喜爱。

　　活动中，根据图示摆各种动作造型是孩子学习舞蹈的一种方式，能让幼儿在模仿和表达表现中，学习阅读、学习合作、学习创作。

活动目标：

　　1. 欣赏中国古典舞蹈"千手观音"，体验舞蹈带来的美的享受。
　　2. 尝试与同伴合作，根据图示完成各种造型，从中体验集体舞蹈的快乐。

活动准备：

　　1. "千手观音"视频资料。
　　2. 几组动作造型图示，金色指套若干。

活动过程：

一、欣赏舞蹈，感受并模仿体验。

（一）播放视频（第一遍），交流分享已有的经验。

欣赏后提问：这段舞蹈叫什么名字？

　　　　　　　你知道关于这段舞蹈的哪些事情？

——这一环节主要是激发幼儿回忆原有的经验，大胆表达表述。

活动中：

幼 1：我看过的，在春节联欢晚会上。

幼 2：这个舞蹈叫"千手观音"，有很多人一起跳，他们排得很整齐，看起来就像一个人有很多手。

幼 3：我知道跳这个舞蹈的都是聋哑人。

幼 4：他们听不到音乐，跳舞的时候要有老师站在前面。

幼 5：他们跳的舞是敦煌舞蹈，在甘肃那里。

小结：你们知道的真不少，这段舞蹈源于中国的敦煌艺术，表演这个舞蹈的演员都是聋哑人，所以排练起来比一般人更辛苦。

——孩子的自由表述未必很全面，在交流过程中，教师要注意引导，如果有些内容孩子们没有提到，可以在小结中加以阐述、提升。

（二）幼儿欣赏舞蹈（第二遍），体验舞蹈的美，激发跳舞的兴趣。

提问：这段舞蹈给你什么样的感受？

——通过欣赏舞蹈，感受舞蹈的整齐、优美、华丽，享受舞蹈带来的美感和愉悦。

活动中：

幼 1：我觉得他们的动作很整齐。

幼 2：他们的动作很优美。

幼 3：到处都是金色的，看起来眼睛都花了。

小结：这个舞蹈大家都很喜欢，就像你们说的，舞蹈很优美、很感人。我们一起来学学舞蹈里的动作吧！

（三）幼儿欣赏舞蹈（第三遍），尝试自由模仿。

——幼儿模仿舞蹈动作时教师仔细观察，如发现幼儿有合作现象可进行及时交流。

提问：你模仿的是谁的动作？

活动中：

大部分孩子独自模仿舞蹈动作，一般模仿的都是第一个演员的动作，但个别幼儿会出现数人合作的现象。教师可给予肯定和鼓励。

幼 1：我学的是第一个人的动作。……

师：你们几个人一起表演？

幼 2：我们两个人（三个人）一起表演。

师：为什么？

幼3：这样看起来就像一个人有很多手。

小结：原来这个舞蹈需要大家的合作才能完成。

二、看图示，尝试合作完成造型。

（一）我这儿有几张造型图示，你们能看明白吗？

——图片用不同的颜色表示不同演员的动作，图片下的★暗示难易程度，动作可有细小的差异，培养孩子的观察力。

图例：

（二）你能看出这些造型分别需要几个人合作？从哪儿看出来的？

——讨论可以为孩子的合作表演做准备，也为孩子提供发展数概念的机会。

活动中：

幼1：我知道第3个造型需要3个人完成。

师：你从哪儿看出来的？

幼2：因为图片上有6条手臂，所以是3个人。

（三）幼儿自由组合，带上金色的指套，分散操作。

——此环节重点观察孩子分工合作的情况,将小组合作成果利用数码相机拍摄下来。

三、交流分享,体验合作的快乐。

组织幼儿观看电脑上的照片,猜猜他们完成的是哪张图示上的造型?

——关注同伴的合作并尝试评价,引导孩子们在评价他人作品的过程中逐渐积累、提升经验。

活动中:

幼1:他们表演的是第3张图片。

师:你觉得他们完成得怎样?

幼2:他们的队伍不整齐,图片上只看得到一个人的脸,而他们3个人的脸都被看到了。

师:你们有什么更好的建议?

幼3:让后面的人蹲下去一点。

幼4:可以让高个子的人排在前面。

……

四、延伸活动:幼儿装扮,自由表现。

试试刚才没有做过的造型,也可以自己试着设计造型。

反思与建议:

1. 在区角活动中,提供"千手观音"的动作和造型照片、表演道具、音乐等,供幼儿表演时参考和使用。

2. 引导并组织幼儿讨论有关表演"千手观音"特殊演员(聋哑人)的信息。

(何　洁)

特别的我

活动背景：

现在的独生子女往往比较关注自我，不善于发现和认同同伴的优点。

学会用欣赏的眼光看别人，继而乐意互帮互助；懂得只有不断地努力，才会学会更多的本领……这些在现代生活中又是那么的重要。

希望通过"特别的我"这样一个集体教学活动，让幼儿学会发现、欣赏自己和同伴的优点。

活动要求：

1. 记录、比较、发现自己与同伴的异同，感受每个人都是与众不同的。
2. 学会发现自己与同伴的优点，懂得欣赏自己和他人。

活动准备：

大镜子、观察记录表、玩具娃娃、笔、彩色即时贴（每人三种颜色）、课件 PPT 或照片。

活动过程：

一、我们长得不一样。

（一）前几天我们和好朋友比过哪里长得不一样。你发现了什么？你和朋友哪些地方长得不一样？

（二）请幼儿（结合观察记录表）说说自己的发现。

——借助记录表进行交流，让幼儿发现自己和同伴的不同，整合胖瘦、粗细、高矮、长短、浓淡、黑白、大小、单双数等内容，出示相应的汉字。

活动中：

幼1：××长得瘦瘦的,我是胖胖的。

幼2：××人很高,我比她矮。

……

——孩子的表述有身高、体形、肤色的比较,还有五官等细小部位的比较,教师可以针对孩子的回答适时小结,帮助孩子梳理。

如果有三个同伴一起比较的,可能会出现不同的结果,教师可以解释:"你和她比,你是高的,但和他比,你是矮的。和不同的人比,就会有不一样的结果,今天只和一个朋友比,下次你再和其他人比,看看还有什么新的发现。"引导孩子关注"比较"具有"相对性"的特点,使孩子的认知日趋理性。

小结:我们头发的样式、身高、胖瘦都可能和别人不一样,我们的外貌也不一样,每个人都是与众不同的。

二、游戏"猜猜他是谁"。

导入:你们都有朋友,知道我的朋友是谁吗? 我说说我朋友的样子,你们来猜猜他是谁。

活动中:

师：白白的皮肤大眼睛,黑黑的头发羊角辫,请你猜猜她是谁? 请你猜猜她是谁? (教师可以借助肢体语言、拍手打节奏等方式进行介绍)

幼：我猜她是×××,我猜她是×××。

师：短短的头发黑眼睛,说话声音最响亮,请你猜猜他是谁? 请你猜猜他是谁?

幼：我猜他是×××,我猜他是×××。

——运用朗朗上口的儿歌,开展找朋友的游戏,进一步激发幼儿关注同伴的特征。

轻快的节奏首先给了孩子愉悦的听觉享受,同时用"猜猜他(她)是谁"的方式进行游戏,带有神秘感,能满足大班孩子强烈的好奇心与探索欲望,孩子非常感兴趣,这同时也是学习关注身边同伴的一个机会。

三、我们的本领不一样。

(一)我们每个人的外貌不一样,我们的本领也不一样。你有哪些本领呢?

——从关注人的外貌,到关注人的内在特点。

(二)看看我有什么本领(师表演)。

——教师的表演起到示范的作用,鼓励孩子大胆展露自己的本领。

（三）游戏"贴标签"。

1. 想一想自己有什么本领。

2. 有红、黄、蓝三种颜色的粘纸,你找到自己的本领后,就把粘纸贴到这个地方,让别人一猜就能猜出你的本领。

——以"贴粘纸"的游戏形式来展露自己的本领,有点神秘,让人觉得好奇。

活动中:

孩子们非常认真地对着镜子贴上三张粘纸,有的孩子还反复地撕贴。教师可提醒孩子:"要把自己最大的本领让别人知道。"

孩子介绍自身本领容易受同伴语言的影响。教师可以将孩子相关本领的照片布置在环境中,在活动中留一定的时间让孩子互相看看、说说,帮助他们发现、回顾自身的许多本领,同时也是同伴间互相关注优点的一个契机。

四、猜猜他有什么本领。

提问:粘纸贴在哪里? 想想他可能有什么本领呢?

活动中:

幼1:（贴在手上）我知道他的手很会拍皮球。

幼2:（贴在脖子上）我知道她跳新疆舞很好看的。

幼3:（贴在脚上）我猜他的脚肯定会踢足球。

幼4:是的,我的脚还会勾球呢。

……

知道同伴本领的,孩子一下子说了出来;不知道的,猜一猜,同伴再说一说。在活动中,孩子了解同伴的本领越来越多了。

小结:我们每个人的外貌不一样,本领也不一样,才有了扬扬、月月……才有了我们特别的大二班。

五、本领会更大。

（一）我们都有那么多的本领,那么,这些本领都是从哪里来的呢?

（二）还记得一开始我们怎么玩泥的? 后来呢?（播放课件 PPT 或照片）

原来我们本领很小,但坚持学习、坚持练习,我们的本领就越来越大了。

——以照片或视频的方式,展现孩子学习的轨迹,帮助他们在回忆中懂得学习能增长智慧和本领的道理。

活动中：

当作品一一展露在孩子们面前时，他们都诧异万分。"我原来做的东西真难看！""你看，我认真地练，就学会了……"在窃窃私语中，孩子们似乎明白了一点什么。

（三）人的本领是会越来越大的，只要我们好好学、坚持练，长大后就会有更大的本领，就像杨利伟、姚明……

——以名人来激励孩子多学本领，使自己成为一个最特别的"我"。

反思与建议：

1. 活动后，可以在活动室里放置一本"我的新本领"记录本，鼓励孩子将自己学会的新本领记录下来，定期组织孩子介绍自己的新本领，激励孩子不断学习。

2. 在角色游戏中布置"小舞台"，鼓励孩子在台上表演自己的本领，给予他们表达表现的机会。

（王红裕）

成 长 的 烦 恼

活动背景：

　　大班幼儿会有很多的烦恼，有的来自学习方面，有的来自生活方面。

　　让幼儿学会解决自己的烦恼，保持良好的心态，这是让幼儿学会健康生活的重要内容。

活动目标：

　　1. 在交流、分享中体会成长过程中的烦恼，并能用清晰、连贯的语言表达自己的想法。

　　2. 能尝试想办法解决自己的烦恼。

活动准备：

　　1. 每个幼儿事先把自己的烦恼画下来。

　　2. 两个录像片段。（叶叶的烦恼、幼儿学习或娱乐时发生的冲突以及解决过程）

活动过程：

　　一、谈话导入，交流烦恼。

　　师：前几天有小朋友跟我说他有很多烦恼，你们有什么烦恼呢？

　　利用绘画作品，幼儿交流各自的烦恼。

　　活动中：

　　幼 1：我长了一个大门牙，很难看。

　　幼 2：我太胖了，很烦恼。

　　幼 3：我一会儿学这个，一会儿学那个，没有时间玩了，很烦恼。

　　幼 4：妈妈不让看电视，我很不开心……

小结：原来，你们真的有很多烦恼，有的是学习上的烦恼，有的是生活上的烦恼……

二、观看录像，引发讨论。

（一）观看录像一（叶叶想看电视，爸爸不给她看，叫她学这学那，所以她觉得长大了很烦恼）。

（二）老师提问，幼儿讨论、交流。

问题1：叶叶的烦恼是什么？

问题2：如果一直这样烦下去，会怎样呢？

问题3：请你们想办法帮叶叶解决烦恼。

活动中：

幼1：让她学习一会，再休息一会。

幼2：把好看的电视录下来，等学习好了再看。

幼3：看看笑话就好了。

幼4：不要去想就好了……

小结：的确，在我们成长的过程中会有许多烦恼，遇到烦恼我们要想办法使自己开心点，还要动脑筋解决烦恼。

三、解决烦恼，交流分享。

（一）你们遇到烦恼的事情是怎么解决的呢？观看录像二，讨论交流。

——录像再现了幼儿在学习和娱乐时发生冲突带来的烦恼，教师可以引导幼儿充分交流，想出多种办法解决生活中的实际问题，从中体会解决烦恼的快乐。

（二）你还有什么烦恼？想怎么解决呢？引导幼儿与同伴商量或者用绘画的形式表达。

反思与建议：

如何解决生活中的烦恼光靠一个集体教学活动是远远不够的，在日常生活中，老师要善于抓住随机事件，引导幼儿想办法解决碰到的烦恼和困难，让自己快乐。

（黄豪芳）

小木偶的舞蹈

活动背景:

小木偶滑稽、可爱的样子,可以让孩子们喜欢它们的动作。

在看图示舞蹈的过程中,积累区分左右、看图示的经验。

幼儿在自己设计、组合小木偶动作的过程中大胆想象与表现。

活动要求:

喜欢小木偶的动作,自己设计小木偶的舞蹈动作,学跳小木偶的舞蹈。

活动准备:

1. 提线小木偶玩具。

2. 幼儿表演《小木偶的舞蹈》的录像。

3. 老师画的红绿木偶(动作各异的纸娃娃)示意图(将木偶一分为二,一半涂上绿颜色,另一半涂上红颜色,两半可和别的小木偶两半交换,组合成新的动作)。

4. 适合表现小木偶走路节奏的音乐。

5. 红、绿色手工纸若干,水笔,剪刀。

6. 孩子已有对称剪的经验。

活动过程:

一、会跳舞的小木偶。

(一)(出示提线小木偶)这是谁?

——用孩子们喜欢的玩具引发他们的兴趣。

(二)上次我们一起跳过《小木偶的舞蹈》,现在一起再来跳跳吧。

——由于舞蹈以前表演过,加上小木偶滑稽可爱的样子,孩子们早已跃跃欲试。

二、红绿小木偶。

（一）认识红绿小木偶。

1. 今天老师请来了这些小木偶教我们跳舞，看看他们有什么特别的地方吗？（一半红、一半绿）我们叫它们红绿小木偶。

——一半红一半绿，除了可以组合成不同动作外，还可帮助孩子积累左右的经验。

2. 现在小木偶要教我们学跳舞了，我们要和它们面对面。

3. 这里有些装饰品，你可以套在手上，红的在左边，绿的在右边。其实小木偶红的一边是左边，绿的一边是右边。

——以自身为中心的左右区分，对大班孩子来说并不难，而镜面的左右区分，是比较难理解的。

活动中：

有孩子将装饰品戴成左绿、右红，老师可以强调"其实小木偶红的一边是左边，绿的一边是右边"，帮助孩子理解镜面的左右。

（二）理解图示。

看，这个红绿小木偶在教我们什么动作？你来学一学。

它已经教会了我们跳舞，你们的本领真大，一教就会了。

——集体看一个小木偶的动作，然后学一学，其实是一种示范，帮助孩子学看图示。

（三）红绿小木偶舞蹈。

1. 旁边有许多红绿小木偶，你去跟它们学一学，看看你能学会什么？

——孩子自由看图示跳，巩固看图示的经验。

2. 出示新图示，红绿小木偶要考考你，这样你会吗？

——自由看与集中看，可以产生生生互动，帮助看图能力较弱的孩子。

3. 拆分图示，小木偶要变魔术了，这样你会吗？

你赶快去变一变，再跟红绿小木偶学一学、跳一跳。

——拆分图示、重新组合，可以提高跳舞的趣味性，不至于枯燥。同时，又学会了更多的小木偶动作。

（四）自编红绿小木偶的舞蹈动作。

1. 你还喜欢红绿小木偶做什么动作呢?

——可以请个别孩子做动作,启发他们的想象。

2. 刚刚我们学着图片上的小木偶跳舞,现在我们自己来设计小木偶的动作,好不好?

这里有红色和绿色的手工纸,你可以找一个朋友,一个设计红色小木偶的动作,一个设计绿色的,然后对半分,就可以像刚才那样变出许许多多的动作啦!

3. 幼儿操作,老师观察、指导。

4. 幼儿自由组合,自己与同伴设计红绿木偶动作图示,一起进行舞蹈。

——启发孩子大胆想象与表达表现。

活动中:

孩子已有对称剪的经验,因而作品完成得很快。

当与结对的朋友组合、学跳舞蹈后,孩子并不满足,于是自发地寻找新伙伴,再次组合、学跳舞蹈……在诙谐的音乐声中,孩子们的热情达到了高潮。

三、木偶游戏。

(一)你们刚才变出了许多动作,小木偶统统都告诉我啦,真棒!

(二)现在我们来玩个游戏:你可以跳自己喜欢的动作,但是有个规定,音乐一停,你们就要让自己停住,做我手上这个动作。

(三)师生在音乐声中快乐地做游戏。

——游戏能进一步增强趣味性,让孩子更喜欢小木偶的动作。

反思与建议:

活动后可以在区角里开展:

1. 跳跳小木偶的舞蹈:提供录音机、音乐、镜子、红绿装饰品、图示,学跳小木偶的舞蹈。

2. 设计小木偶的动作:用绘画、红绿纸条扭曲、对称剪的方法,设计小木偶不同的动作,丰富舞蹈内容。

(王红裕)

减　　肥

活动背景:

班级中不少幼儿都是肥胖儿,让幼儿知道肥胖会给身体带来危害,了解一些科学减肥的知识,掌握一些自我保护的方法,进行有效合理的减肥,对幼儿的健康成长很有帮助。

活动目标:

1. 学会关注自己,感受肥胖带来的烦恼,知道健康生活、控制体重的基本方法。
2. 能大胆地表达自己的想法,尝试与同伴合作制订减肥计划书。

活动准备:

1.《健康操》音乐。
2. 幼儿体重记录表,纸和笔。
3. 一段成人或儿童的减肥运动录像,一张减肥计划书。

活动过程:

一、引导幼儿讨论,了解减肥的重要性。

(一) 幼儿跑步进场,交流感受。

(二) 提问:为什么有的小朋友跑得很累? 小孩到底要不要减肥? 幼儿展开讨论。

——让孩子通过讨论,各抒己见,可以充分了解减肥的重要性、必要性。

活动中:

有的幼儿认为要减肥,太胖会影响美观,会影响健康。有的认为不要减肥,因为胖子力气比较大。幼儿之间发生了争议,但最后达成了共识。

（三）小结：小孩如果太胖会影响健康,影响参加各种活动,这时就需要适当减肥、控制体重。

二、看记录表,观察比较体重。

（一）什么样的小孩属于太胖、需要减肥呢?

活动中：

幼1：×××要减肥,还有×××、×××。

师：除了用眼睛看,还可以怎样知道要不要减肥?

幼2：可以称体重。

师：那么,我们来看看体重记录表。

（二）观看近期幼儿体重记录表,和标准体重进行比较。

——让孩子知道肥胖的衡量标准,将自己的体重和标准进行比较。这里不仅渗透数的学习,而且可以引发幼儿讨论。

三、观看录像,了解减肥的方法。

（一）什么原因会使人发胖?

活动中：

有的幼儿说是缺少运动的关系,有的认为是吃得太多,还有的认为是爸爸妈妈胖才造成自己胖的……

（二）你想不想减肥? 人们可以怎样减肥?

（三）观看录像,讨论怎样才能达到减肥的效果?

——这里,教师可以预先准备一段成人或儿童的减肥运动录像,其中包括一张减肥计划书,以引起幼儿合作制订计划书的意愿。

（四）小结：原来,减肥也需要坚持,不能半途而废……

四、自由组合,制订减肥计划书。

（一）请你找朋友一起为肥胖儿制订一份减肥计划书。

（二）请你们来介绍自己的减肥计划书,大家选出一份最合理的减肥计划书。

——让孩子合作制订减肥计划书,并在交流、分享中比较哪份减肥计划书最合理,有助于帮助孩子掌握科学减肥的方法,如适度运动、合理膳食等,也有助于帮助孩子积累制订计划的经验。

五、听音乐跳《健康操》,体验运动的快乐。

——教师可利用减肥计划书中的一项减肥内容，如跳操，自然地吸引大家一起跳《健康操》。

反思与建议：

1. 生活中，孩子的有效减肥需要家长配合，要注意家庭的科学饮食、进行合理的运动等。

2. 在幼儿园，营养员与班级教师一起为肥胖儿制订减肥菜谱以及每日运动计划。

（黄豪芳）

说　名　字

活动背景：

中国人的名字蕴含着丰富的传统文化，所以借助对名字的了解可以进一步体验传统文化。

因为每个人的名字都是独特的，所以通过了解自己的名字感受自我的独特。

因为大班孩子对文字敏感且有兴趣，所以借助名字中的汉字可以满足孩子的认知需求。

因为是集体活动，所以借助活动可以引起对周围同伴、其他人的关注。

活动要求：

1. 发现名字中隐藏的秘密，初步了解自己名字的含义，感受中国传统文化的美妙。
2. 能在集体面前大胆地表达自己的想法和意见。

活动准备：

1. 认识并会书写自己的名字。
2. 认识同伴的名字。
3. 知道自己的姓和爸爸(妈妈)、爷爷(外公)一样。
4. 有单、双数的经验。
5. 了解自己名字的故事(即爸爸妈妈为什么给我起这个名字)。
6. 名字打印纸、姓氏打印纸、人物关系贴图、展示板等。

活动过程：

一、我的名字。

出示全班幼儿的名字打印纸,提问：你叫什么名字？哪个是你的名字？每个孩子的名字都在这儿吗？

——这是活动的导入,引起孩子对自己名字的关注。

二、名字的秘密。

——这是本次活动的重点部分,引起孩子对自己及同伴名字的关注和探究。

（一）名字里藏着一些秘密,你发现了吗？

活动中：

幼1：我的名字是两个字,×××的名字是三个字。

幼2：我的名字里有雯,××雯的名字里也有雯。

幼3：我的名字里有李,李××的名字里也有李。

（二）探索姓的秘密。

1. 发现姓在名字的前面。

活动中：

师：李就是你们俩的姓。我们中国人的名字是姓和名组合在一起的,姓在前名在后。

我的名字叫金×,想想我姓什么？

幼：你姓金。

师追问：为什么？

幼：因为金在前,所以你姓金。

2. 知道自己姓什么。

活动中：

师：想想你姓什么？

幼：我姓王。

追问：为什么？

幼：因为我叫王×,王在前,所以我姓王。

每个孩子找到自己名字中的姓,用标记画出来。

师：一起看看,每个人找得对不对。

大部分孩子都能正确找到并标示出自己的姓,但有个别孩子可能没有听清老师的要求,在名字的每个字下面都做了标记。出现此种情况,老师要引导孩子改正。

3. 找出班中的同姓朋友。

活动中：

师：李××和李××都姓李，我们班孩子有哪些小朋友的姓一样？

幼1：王××和王××都姓王。

幼2：金×和金老师都姓金。

幼3：朱××和朱×都姓朱。

……

4. 发现姓的传承。

活动中：

师：一家人里也有一样的姓，你的姓和家里谁一样？

幼1：我姓黄，我爸爸也姓黄。

幼2：我妈妈和我都姓吴。

幼3：我爷爷叫周××，我爸爸叫周××，我叫周××，我们都姓周。

师：跟妈妈姓一样的孩子站左边，跟爸爸姓一样的孩子站右边。看看跟妈妈姓
　　一样的孩子多，还是跟爸爸姓一样的孩子多？

幼：跟爸爸姓一样的孩子多。

师小结：中国人的传统是孩子一般跟爸爸姓，现在也有跟妈妈姓的。爷爷把姓
传给爸爸，爸爸又把姓传给了我们，姓是一代一代传下来的。（同时出示人物关系
贴图）

5. 关注其他姓氏。

活动中：

师：这里是我们的姓，一共有多少种姓？（出示姓氏贴图）

孩子出现几种不同的答案，老师可引导大家一起数。

师：除了这些姓，你还知道我们幼儿园的老师、其他小朋友有哪些不一样的姓？

幼：管老师姓管。

　　潘老师姓潘。

　　张××姓张。

……

师小结：中国人的姓数量超过400种，被称为百家姓。

（三）探索名的秘密。

1. 知道名在姓的后面。

活动中：

师：拿掉姓，后面的就是名。你的名是什么？

幼1：我的名是×。

幼2：我的名是××。

2. 发现单名和双名。

活动中：

师：我姓金，金××也姓金，我们两个人姓一样，后面的名有什么不一样？

幼1：金××的名有两个字，金老师的名只有一个字。

师：姓后面一个字就是单名，姓后面两个字就是双名。你的名字是单名还是双名？

幼2：我的名字是单名。

追问：为什么？

幼2：我的姓后面只有一个字。

幼3：我的名字是双名。

3. 说说名的故事。

活动中：

师：我们每个人的名字都有一个故事，你知道你名字里的故事是什么，爸爸妈妈为什么给你起这个名字？

幼1：我是早上出生的，所以我的名字里有"晨"。

师：你的名字代表出生的时间。

幼2：爸爸妈妈希望我聪明，所以我叫××聪。

师：你的名字里藏着爸爸妈妈的希望。

幼3：我爸爸姓杨、我妈妈姓朱，所以我叫杨朱×。

师：你的名字告诉大家你是爸爸妈妈的宝贝。

……

师小结：我们的名字包含着爸爸妈妈对我们的爱。

三、延伸活动：中国人的名字真奇妙。我们的名字里还藏着一些其他的秘密，

204

活动后你们可以继续找一找。

反思与建议：

后续可以开展了解单姓和复姓、找找同姓名人等活动。

（金　胤）

落　叶

活动背景：

　　落叶是秋天的季节特征,把落叶清洗后,让孩子观察,欣赏落叶的美,亲近自然。在歌曲《秋天》中,抒发情感。

　　诗歌富有童趣,通过"这不是很好的××吗"的句式,激发孩子的想象力和改编诗歌的愿望。

活动目标：

1. 仔细倾听,理解诗歌的内容,感受诗歌的意境美。
2. 运用诗歌中的反问句式,尝试仿编诗歌。

活动准备：

1. 改编诗歌《秋天的落叶》。
2. 插图：小虫、蚂蚁、小鱼、小燕子、小船、信笺、房子、伞。
3. 清洗干净的秋天的落叶若干。
4. 树叶形状的操作卡片每人一份(见附二)。
5. 记号笔、录音机、音乐磁带《秋天》。

活动过程：

一、歌表演《秋天》。

(一)出示实物落叶。

1. 这是什么？秋天到了小树叶怎么了？

——老师做树叶飘落的动作,引导孩子回忆。

2. 小树叶是怎样飘落的？

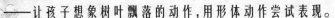

——让孩子想象树叶飘落的动作,用形体动作尝试表现。

(二)演唱歌曲《秋天》。

1. 现在我们来做小树叶,用优美的声音为树妈妈唱一首秋天的歌。

——唱完后小朋友们做一个树叶飘落的造型,保持不动,老师捡树叶即把小朋友请回座位。让孩子想象自己是一片树叶,老师提问"小树叶,你飘到什么地方了?"运用游戏的方式让孩子回答。

活动中:

师:小树叶飘呀飘,飘落到什么地方呢?

幼:飘到地上;飘落在树梢上;飘落在草地上……

2. 老师小结:小树叶飘呀飘,有的落在地上,有的落在沟里,有的落在小河里,还有的落在了院子里……

二、欣赏诗歌《秋天的落叶》。

(一)完整地欣赏一遍诗歌。

1. 小动物们看到树叶可喜欢了,它们是谁呢? 我们一起来听听。

2. 在诗歌里,你听到了哪些小动物?

(二)操作卡片。

1. 讲解操作卡片:原来是小虫、小蚂蚁、小鱼和小燕子捡到了树叶。

卡片左列:小虫、蚂蚁、小鱼、小燕子 卡片右列:小船、信笺、房子、伞

2. 操作要求示范。

(1)小虫爬呀爬,捡到一片树叶,把它当作了小房子。

——操作卡上已用红笔把左列的小虫和右列的房子连在了一起。

(2)那么小蚂蚁、小鱼和小燕子把树叶当做什么了呢? 我们再来听一遍,听的时候,请你们帮小动物找到它们的树叶。

——录音卡带慢速放三遍,幼儿在反复倾听的基础上,根据诗歌内容的线索,完成操作卡的连线配对。

(三)演示讲解。

1. 秋天到了,天气怎样? 小树叶怎样?

2. 树叶落在地上(沟里、小河里、院子里),谁看见了,它是怎么说的?

——根据孩子的回答,老师讲述、演示图片,突出动词"爬、游、飞",强调反问句

207

式,幼儿学学说说。

(四)配乐诗歌朗诵,幼儿轻声跟念。

三、想象仿编诗歌。

提问:还有谁会捡到树叶? 它们会把树叶当作什么,会怎么说呢?

(一)出示若干其他动物图片和相关联的事物图片,引导孩子仿编。

——老师先示范仿编:小山羊/帽子。

小山羊捡到一片树叶,"这不是挺好的帽子吗?"

(二)孩子结合情境想象仿编。

——每个孩子选一片树叶,发挥想象。引导孩子把树叶的大小和动物的大小加以比较,合理想象树叶的用处,并运用反问的句式进行讲述。

活动中:

幼1:老师,这片树叶很小,这是小老鼠的树叶。小老鼠捡起一片树叶,"这不是挺好的小棉被吗?"

幼2:大狗熊捡起一片树叶,"这不是挺好的扇子吗?"

幼3:小猴子捡起一片树叶,"这不是挺好的面具吗?"

四、歌舞表现快乐。

小动物捡到了它们想要的树叶,心里可高兴了,它们快乐地跳起了舞。

——孩子扮演小动物拿着实物树叶跳舞。这时的舞蹈,可以是已经学过的舞蹈技巧的巩固与情感的抒发,也可以是即兴的表演与欣赏。

反思与建议:

1. 让孩子在树叶操作卡片上进行涂色,能看着卡片讲述诗歌内容。
2. 根据孩子的仿编内容,师生制作一本大的图画书,不断丰富图画书的内容。
3. 孩子可以根据大图书的内容进行角色表演,边讲述,边感受。
4. 让孩子观察秋天的落叶,学习制作落叶拓印画。

附一 诗歌《秋天的落叶》(改编)

秋风起了,天气凉了,一片片树叶从树枝上飘落下来。

树叶落在地上,小虫爬过来,躺在里面,"这不是挺好的屋子吗?"

树叶落在沟里,蚂蚁爬过来,坐在上面,"这不是挺好的小船吗?"

树叶落在河里,小鱼游过来,藏在底下,"这不是挺好的小伞吗?"

树叶落到院子里,小燕子飞来了,说:"来信啦,催我们到南方去啦。"

附二　操作卡片

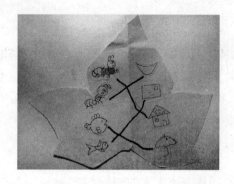

（毛伊君）

新 年 心 愿

活动背景:

　　孩子们最期盼过新年,因为新年是快乐的,自己的心愿能够实现。本次教学活动让幼儿在视听阅读中了解孤老和孤儿的新年心愿;在小组合作中设计并表现"爱心计划",体验帮助别人的快乐;在延伸活动中带幼儿完成爱心计划,深深感悟自己的一份爱能温暖身边的每一个人。

活动要求:

1. 用自己的方式与同伴交流家人的新年心愿,感悟过新年的快乐。
2. 小组合作设计"爱心计划",体验用爱心帮助别人的快乐。

活动准备:

1. 事先请幼儿采访家人,了解家人的新年心愿,并用图画符号记录在调查表上。
2. 幼儿有去过敬老院献爱心的经验,并有照片。
3. 教师事先去敬老院和孤儿院进行采访、录音、录像,收集本次活动需要的素材。
4. 纸、笔、音乐乐器等。

活动过程:

　　一、分享交流——交流家人的心愿。

　　(一)教室里播放《新年好》的音乐,并出示版面,版面上布置的是幼儿采访家人"新年心愿"的记录表,通过交流分享,重温家人的心愿,感受即将要过新年的快乐。

　　(二)鼓励幼儿大胆自信地交流调查表。

1. 提醒孩子把话说完整,大方自信地交流。

活动中:

师：快要过新年了，每个人都有自己的新年愿望。谁愿意将自己的采访记录表与大家作交流？

幼：我采访了我的爷爷、奶奶、爸爸、妈妈。他们的愿望是……

跟问：能否一个个向大家介绍。如：爷爷的愿望是……（帮助孩子理清思路，一一作介绍）

幼：我爷爷的愿望是让自己永葆青春。

追问："永葆青春"这个词用得很好。是什么意思？

幼：我也问过爷爷，是永远年轻的意思。

2. 教师可用多种方式帮助孩子交流采访记录表。

活动中：

师：我看到有一张记录表，记录着妈妈的心愿是一本厚厚的书，这是哪位小记者采访的？（换一种方式，能激起孩子更多的兴趣）

幼：是我采访的。妈妈的心愿不是书。

追问：是什么呢？

幼：是一本《英汉大字典》。因为妈妈明年要考研究生……

师：谁能用不同的方式和大家交流（鼓励幼儿用猜一猜、哑剧表演等方式交流）。

小结：你们的爷爷奶奶……都有自己的心愿，希望你们能帮助他们实现心愿。在我们上海，也有一些人需要你们帮助他们实现新年心愿，你们愿意吗？

二、视听阅读——了解敬老院与福利院老人、孩子的新年心愿。

（一）照片阅读——敬老院（播放幼儿以前去过敬老院的照片）。

——观看照片，回忆去敬老院帮助孤老的快乐并了解他们的心愿。

1. 教师鼓励孩子回忆当时帮助孤老的事情，特别是一些趣事和感人的事。

活动中：

师：这些照片还记得吗？谁能说说。

幼：我上次帮助的是一位爷爷。

跟问：这位爷爷怎样的？

幼：爷爷很孤单，他的孩子在外国……

师：你是怎么帮助这位孤单的老爷爷的？

幼：我讲故事给他听……

师：是呀,给爷爷讲故事,就能让他不再孤单……

2. 提问：要过新年了,知道这些爷爷奶奶的心愿吗?

——听录音,了解敬老院老人的心愿。

活动中：

师：听到些什么?

幼：我听到爷爷奶奶想在过新年的时候热闹一点……

师：你们有什么办法帮助他们实现心愿吗?

幼：我们跳舞……

(二) 视频阅读——福利院(播放教师拍摄的录像)。

——观看录像,了解福利院孤儿们的新年心愿。

活动中：

师：看到了什么? 这些小孩为什么在福利院?

幼：他们的爸爸妈妈都没有了。(引出并帮助幼儿理解"孤儿")

师：他们的新年心愿是什么? 你们有什么好主意帮助这些弟弟妹妹过新年?

幼1：送玩具。

师：为什么想到送玩具呢?

幼1：我听到那个白头发的孩子说,他想要……

幼2：我要捐出压岁钱。

师：为什么要把压岁钱捐出来呢?

幼2：我看到有个孩子生了白血病,躺在病床上……

师：你真是一个有爱心的孩子。还有其他的想法吗? (鼓励孩子想出多种方法帮助福利院的孩子)

小结：你们想了那么多的方法帮助敬老院的老人和福利院的孩子们,真有爱心! ……

三、小组合作——制订"爱心计划"。

(一) 幼儿结伴商量并制订计划。

——鼓励幼儿将自己小组的想法用图示符号的方式表现出来。

(二) 介绍小组设计的"爱心计划"。

——鼓励幼儿用各种擅长的方式介绍自己小组的计划。

反思与建议：

1. 活动后鼓励幼儿完成自己制订的"爱心计划"，利用一周的时间并争取家长的支持，让幼儿按照计划实施。

2. 带幼儿去敬老院、福利院，帮助他们完成新年心愿，感受自己的爱心给别人带来的快乐。

3. 根据这次孩子实施"爱心计划"的情况，可定期带孩子们去福利院、敬老院献爱心。

附"新年心愿"调查表

新 年 心 愿

小记者＿＿＿＿＿＿＿

我的家人	新年的愿望	我对家人的祝愿

注："新年的愿望"这一栏，鼓励孩子们采访家人，用图画符号的形式记录下来。"我对家人的祝愿"这一栏，请孩子们把自己对家人的祝愿，也用图画符号的形式表达。

（徐 雯）

213

圣 诞 礼 物

活动背景：

　　结合圣诞节活动,通过手工活动的形式,让孩子练习打结,锻炼其动手能力,给孩子一种美的享受,同时了解圣诞节这异国节日的民俗民风。

活动要求：

　　1. 利用生活中常见的绳子、带子等材料制作礼物,练习打结的方法。

　　2. 激发幼儿主动活动的兴趣,愿意与人交流分享。

　　3. 了解圣诞节亲朋好友互赠礼品、装饰圣诞树等一些民俗习惯。

活动准备：

　　1. 材料提供：双面胶、剪刀等工具,圣诞帽、手套等制作材料。

　　2. 汉字：挂、穿、扎、绕。

　　3. 大型圣诞树。

　　4. 幼儿事先初步了解圣诞节,已积累了有关经验。

　　5. 各种粗细不同的丝带、彩带、绸带,蝴蝶结及幼儿收集的带子若干,分开摆放,方便取用。

活动过程：

　　一、经验再现,引起幼儿的制作兴趣。

　　——这里重点介绍包装礼品常用的各种漂亮的绳子,让孩子知道有塑料制成的,有丝绸缎子料的,有透明的。这些绳子色彩鲜艳,给孩子一种强烈的视觉冲击。

　　(一) 这些绳子你在什么地方见过? 有什么用?

活动中：

214

孩子们一看到这些美丽的绳子，不禁发出"哇"的赞叹声，特别是妹妹小朋友早就忍不住要摸一摸，她们喜欢极了。这不仅是生活经验的再现，更是一种美的享受。

幼儿纷纷说：我在生日礼物上看到的，我在洋娃娃身上看到的，我的裙子上也有的……

孩子们说了绳子不同的装饰功能，有喜糖上的绸带，有礼品袋上的装饰蝴蝶结，有妹妹头上的蝴蝶结等等，说了许多许多。

（二）你喜欢哪一根绳子？是什么样的？

——鼓励幼儿用恰当的语言描述。教师根据幼儿的描述，指出相应的绳子，及时丰富词汇并进行小结。

小结：原来绳子可以用布、塑料、纸等不同材料做成，样子也有圆的、扁的、麻绳状的，各不相同。绳子真美，用处可真多！

二、根据提示制作礼物。

——在以往活动的基础上，练习"挂、穿、扎、绕"的活动，尝试绳子的不同用途。

（一）师：绳子上挂了几个字（挂、穿、扎、绕），我们看一看、认一认。

（二）用绳子制作、装饰礼物。如果你有新方法快来告诉我，我们把它及时记录下来。

——垂挂着的四张卡片上分别写着"挂、穿、扎、绕"，另有一张卡片是空白的，等待幼儿发现新的方法，便于及时记录同时提供相应材料和需要装饰的东西。

（三）想想你打算用什么方法来做，做什么礼物？

三、幼儿选择材料制作礼物，教师巡回指导。

要求每人至少做一样礼物。教师在旁边准备一棵圣诞树，便于让孩子挂已经完成的礼物，感受成功的喜悦。

活动中：

孩子们各自挑选喜欢的区域尝试制作，对于教师事先投放的小袜子、小帽子、小天使等可爱的物品喜欢极了，这些区域不管是挂、穿、绕、扎，最终都需要打结来完成，所以孩子们想尽办法，互相帮助或向他人求助，活动的积极性、主动性很高。

四、交流作品，分享制作经验。

师：你用什么方法、做了什么礼物？

请幼儿介绍自己使用的方法，尤其是新方法，展示、欣赏各自的作品。

活动中：

孩子们高兴地向大家介绍自己完成的作品，有的则早早地将自己做好的第一个礼物挂在了旁边预先准备好的圣诞树上。

五、赠送礼物，分享成功的喜悦。

——发展孩子与周围人互动、交往的能力，共同感受圣诞节的气氛。

活动中：

孩子们高声地向帮助过自己的同伴、客人老师道谢，在欢快的音乐声中，拿着自己的礼物送给朋友、客人老师，大家手拉手跳起了欢快的舞蹈。

反思与建议：

提供的音乐要富有圣诞节的欢快气氛，最好事先幼儿欣赏、感受过。

（王　英）

春天在哪里

活动背景：

孩子们关注春天的变化,所以借助音乐活动,让孩子热爱自然,关爱生命。

孩子们有合作的基础,所以借助小组活动形式,让孩子学习合作,体验成功。

孩子们喜爱聆听音乐,愿意表达与表现,所以借助视听手段,发展孩子的想象力和创造力,达到抽象音乐与具体肢体动作的完美结合。

活动要求：

1. 让幼儿在看看、找找、说说的过程中回忆、讲述春天景色的变化,尝试用肢体动作表现花朵开放、小草生长等的情景。

2. 激发幼儿与同伴合作的愿望,体验合作成功的喜悦。

活动准备：

1. ABA 结构的音乐《春天在哪里》的视频文件,A 为春天各种自然景象;B 为各种花开的景象。

2. 由 A《春之歌》第一乐段和 B《雪人之舞》第二乐段组成的三段体乐段。

3. 电脑、录音机,"疏"、"密"、"p"、"f"字牌。

4. 幼儿事先通过故事、游戏、歌舞等感受过春天的情景。

活动过程：

一、春天在哪里——复习歌曲《小篱笆》。

(一)春天到了,景色真美啊!我们一起用歌声为大家介绍美丽的春天好吗?

——演唱歌曲是孩子们感受春天的一种方式,可以引起孩子们的共鸣。

(二)插问:你觉得这首歌什么地方最好听?说说哪一句可以唱得响一点,哪一句可以唱得轻一点？为什么？

——在回答的过程中，孩子对于歌词、乐句、旋律的理解得到了共享和交流。

活动中：

幼：我觉得，"太阳出来天气暖"可以唱得响响的，因为身上会觉得暖洋洋的；我觉得"嘀嘀嘀嘀嘀嘀嗒"要唱得很轻，因为是表示屋檐上的雪融化了，滴下来了……

（三）出示标有 f、p 强弱记号的字牌，请一个小指挥来指挥我们演唱。

——提醒孩子演唱时要听着同伴的声音整齐和谐地唱，并控制呼吸，注意歌曲中音的强弱。

二、春天在这里——看看、说说、找找春天在哪里。

（一）提问：春天总是悄悄地来到我们的身边，你是怎么发现春天来了呢？

——孩子可以用语言、动作、谜语等形式来呈现自己是如何发现春天的（孩子关于春天的生活经验被再次激活）。

活动中：

幼：我发现经常下小雨；我听见春雷响；我看见小草一边跳舞一边长高了……

师：你变成小草来跳个舞吧！

（二）教师小结：春天的脚步近了，一切都像刚睡醒的样子。小草偷偷地从土里钻出来，嫩嫩的，绿绿的。桃树、梨树、杏树你不让我，我不让你，都开满了花。花下成百上千的蜜蜂嗡嗡地闹着，大大小小的蝴蝶、蜂鸟飞来飞去。

（三）播放 ABA 三段体的音乐，请幼儿跟着音乐，用动作把刚才说的美丽景色表演出来。

——孩子们可以自由结伴，也可以单独表演。

活动中：

孩子随意地跟着音乐用肢体动作展现他们所观察到的春天的景象：小草生长、蜂鸟飞舞、蜜蜂嗡嗡、蝴蝶翩翩……

师：你刚才表演的是什么呀？

师：蜂鸟的翅膀抖动时快吗？

（四）提问：刚才停下的这段音乐有什么变化吗？

（五）播放 ABA 三段体乐段，幼儿欣赏，分辨跳跃有力、连贯轻柔的音乐性质。

活动中：

师：音乐听上去有变化吗？想想为什么会有变化？

幼：有的音乐听上去像弹簧跳跳的。

追问：有可能是什么？

幼：是下的春雨吧！有的像水声，肯定是雪融化成小河了。

（六）播放 ABA 结构的音乐视频文件《春天在哪里》：说得真棒，是不是和你们说的一样呢？我们一起来看看。

——这里保留了上一环节的听觉感受，同时加入了视频资料，将抽象的音乐和具体的画面结合起来，达到音乐和画面的匹配，帮助孩子理解音乐的性质。

（七）提问：你看到了什么？

——这个问题用以引出乐段 ABA 的三段体结构。

活动中：

幼：前面的和后面的电视是一样的。

追问：前面和后面的图像是一样的，还有什么是一样的？

幼：音乐也是一样的，当中一段是很多花开的样子。

（八）小结 ABA 结构：这样前后一样、中间不同的音乐就是三段体的音乐。

三、春天真美丽——感受音乐，完成动作的编排和表演。

（一）播放 B 段多媒体：花朵是怎样开放的呢？

——引导幼儿观察不同的花儿开放的情景，为后续的肢体表现作铺垫。

（二）播放 B 段多媒体：我们跟着音乐和朋友一起表演吧！

——要求是结伴表演，但人数没有限制。配合播放 B 段多媒体，使孩子合作表演花朵开放有经验依靠。

活动中：

师：他们表演的花朵漂亮吗？为什么？

——引导幼儿观察动作漂亮的原因。

（三）提问：你们知道花朵开放为什么会这么漂亮吗？

活动中：

幼：他们做花开的动作时很整齐的，一起开……

师：还有什么呢？

幼：做小花骨朵时几个人挤得紧紧的……

师：我们可以用"密"来表示挤得紧紧的，那么有没有相反的"疏"呢？

幼：开了一朵很大的花就是"疏"。

（四）教师小结：有的花朵的花瓣是一片接着一片开放的，有的是几片几片地开放的，还有的花瓣是一起开放的，从小小的花骨朵变成美丽的鲜花。加上动作有"疏"有"密"，就能表演出花朵开放的美丽。

（五）播放 B 段录音：注意"密"和"疏"，我们再开一朵美丽的花吧！

四、花儿朵朵开——欣赏舞蹈。

可以欣赏教师的舞蹈，也可以欣赏影像资料。

附音乐出处

A 为门德尔松《春之歌》第一乐段。

B 为《雪人之舞》第二乐段。

（严　蕾）

小汽车和小笛子

活动背景：

从孩子熟悉的"堵车"问题入手，能很快引发孩子的热烈讨论。

以富有情趣的故事作为载体，在帮助市长解决问题的同时，感知我们上海各种先进的道路设施给人们带来的便捷。

这样的活动是从孩子的视角来关注我们的城市，关注我们的生活，体现了教学源于生活、回归生活且高于生活的课改理念。

活动要求：

1. 在有趣的故事情境中，乐意与同伴合作，想办法解决问题。

2. 进一步了解城市中一些先进的交通工具，体会通畅的路给我们生活带来的方便。

活动准备：

1. 故事书《小汽车和小笛子》。

2. 城市道路设施背景图，可以翻折出高架、地铁、轻轨、隧道、大桥等。

3. 交通拥堵照片，各种交通工具和道路设施的图片或模型（如高架、地铁、立交桥、轻轨、隧道等），布置在周围版面上。

4. 小组讨论时记录用的纸、笔。

5. 磁悬浮列车的录像片段。

活动过程：

一、问题导入。

（一）为什么早起还会迟到？

师：最近我们班总是有孩子迟到，我知道他们都很早起来了，猜猜他们为什么迟到？

——这样的导入，直指活动的重点，简单且有效。

活动中：

一开始，孩子们还纠缠在"起床太晚、动作太慢"上，当老师强调小朋友都很早起来后，他们马上反应为"堵车"。

（二）为什么会堵车？

追问：堵车其实有许多原因，你知道吗？

——将孩子的视线引向生活。

活动中：

孩子的生活经验相当丰富，列举了诸如车子抛锚、乱闯马路等诸多原因。

小结：交通事故、车子抛锚、修路、不遵守交通规则等都会造成马路拥堵。

（三）你遇到过堵车吗？堵车时的感觉怎样？

或者问：堵车会给我们带来什么麻烦？

活动中：

由于有一定的生活经验，因此孩子的互动十分充分。

幼1：堵车时呆在车里很闷。

幼2：爸爸上班都来不及了。

……

二、欣赏故事（A部分）。

（一）老师讲故事《小汽车和小笛子》A部分。

师：听到这里，你们说说，这个城市怎么啦？

——有趣的故事情节，使孩子马上联系到了堵车上。

（二）老师出示可操作的背景图，让幼儿充分体会到马路的拥堵，为"给市长想办法"作铺垫。

（三）市长请你们帮他想想办法解决堵车的问题。

追问：你有什么好办法，可以让马路通畅起来？

三、小组讨论。

（一）要求幼儿在规定的时间内，与同伴商量并记录下自己的办法。

（二）老师巡回观察孩子的记录方式和合作情况。

四、交流分享。

（一）结合背景图，各组选代表介绍好办法。

（二）老师归类、梳理（出示相应版面）。

1. 先进的交通工具——轻轨、地铁、磁悬浮等。

（1）你知道上海有几条地铁线路？

（2）上海有轻轨吗？

2. 通畅的道路设施——高架、隧道、大桥、马路拓宽等。

（1）到浦东可以怎么走？

（2）上海有几条隧道？

（3）你知道哪些高架？

（4）你们知道磁悬浮吗？什么时候可以坐磁悬浮列车？

——如果幼儿缺乏这方面的经验，老师可以利用录像资料，拓展幼儿经验。

交流分享是本次活动的重头戏，老师在帮助幼儿梳理、归纳时，应该注意：

a. 心中有底：老师将交流目的装在心中，才能不被幼儿"牵着鼻子走"，致使活动拖沓。

b. 收放自如：老师根据幼儿的反应随机地将问题拓展或缩小，服务于目标。

c. 灵活应对：孩子回答老师的提问是多角度的，有时往往有"出轨"的现象，需要老师灵活地回应幼儿。

d. 细心观察：每个孩子的表达表现都各具差异，需要老师细心观察，及时捕捉孩子的亮点和信息并反馈给幼儿。

e. 拓展提升：交流分享是幼儿个体与集体的互动，更应该是孩子经验的拓展提升，使每个孩子都有所得。

五、延伸活动。

（一）你们想了许多办法，我们来看看故事里年轻人想了什么办法？（老师续讲故事 B 部分）

（二）故事很幽默，不过我们想的办法更好，我们可以把自己的好办法编到故事里去。

——"我们的办法更好"肯定、激励了孩子，又给了孩子延伸活动的驱动力。

反思与建议：

后续的活动可以有：

1. 学讲故事、续编故事和故事表演。

2. 小小城市规划师：在建构角用多种材料搭建城市一景。

3. 我是设计师：用积木、纸盒等材料想象、设计各种未来的交通工具、道路设施等。

附故事《小汽车和小笛子》

A 部分：

城市里的汽车多得成灾了，马路上、人行道上、广场上、门廊下很多汽车相互碰撞，挤在一起。人们绕过汽车、越过汽车，或从汽车下面才能爬过去。结果脑袋撞在汽车上，哎哟哟。

城市里的交通乱七八糟，市长知道了，拍拍脑袋，哎，我想得头都疼了，有什么办法呢？

B 部分：

有一天，来了一位奇怪的年轻人。"请告诉市长，我知道怎样才能让汽车不挤在马路上。"市长听了很高兴地迎出来。可年轻人说："要让我办这件事，你能答应我一件事吗？""什么事，快说吧！""从明天起，让孩子们在广场上玩，要给他们旋转木马、秋千、滑梯、皮球和风筝。"市长想了想说："好吧，我答应。你快开始吧。汽车多得快堆到高楼上了。"奇怪的年轻人拿出一根笛子吹了起来。他从大楼走到大街，从大街走到河边……

摘自上海教育出版社《学习活动》(5—6 岁)教师参考用书(试验本)

（王红裕）

我的手机说明书

活动背景：

在开展大班主题活动"路边新事"中，孩子们对精彩纷呈的手机世界产生了很大的兴趣，于是"设计新型手机"的活动便产生了。在活动中，孩子们对自己记录到的、调查到的结果进行交流，于是一款款带着孩子自己独特想法的手机，通过创意制作活动诞生了。

但如何推广介绍自己设计的手机呢？有一个孩子提出了用说明书的形式。说明书到底是什么，怎样使用说明书，针对这些问题孩子们展开了讨论。集体教学"我的手机说明书"就在这样的基础上产生了。

活动要求：

在认识说明书的基础上，尝试运用符号设计、制作自己的手机说明书，初步积累设计说明书的经验。

活动准备：

1. 投影仪，DVD 及遥控器说明书图各一，手机发布会碟片。
2. 幼儿已设计好的手机设计图、自制手机。
3. 水彩笔若干。

活动过程：

一、我的手机本领大——介绍我设计的手机。

（一）师：前几天，大家都制作了手机。今天，我们来开一个产品发布会，介绍你设计的手机，哪些地方本领最大？

（二）幼儿介绍自己的手机。老师引导幼儿从手机的特殊功用、外形、颜色、适宜人群等方面介绍。例如：拐杖手机适合老年人和盲人使用,眼镜手机适合盲人,帽子手机适合开摩托车的人等等。

师小结：你们设计的手机太棒了！上次我们的手机发布会碟片做好了,我们一起看看吧。

活动中：

师操作新DVD遥控器：咦,怎么放不出来？

幼：没插电吧；线插错了；按错开关了……

师：有什么办法可以让我们正确使用DVD与遥控器。

幼：找我爸爸吧；找找说明书看看……

二、手机说明书——认识说明书,制作手机说明书。

(一)认识说明书：了解说明书的基本表现方法。

1. 师：这里有两张说明书,请大家帮我看一看,这两张说明书告诉我们什么？它们有什么用处？

师幼一起观察遥控器说明书投影,引导幼儿观察标线的部位与相关说明文字,了解它们的关系。

2. 老师引导幼儿边看说明书,边讨论图解意义再操作DVD。

师：这张遥控器说明书告诉我们什么？你从哪里看出来？

——这里要引导幼儿仔细观察说明书,发现说明书的特殊符号表达方法,猜猜它们的意思。

活动中：

幼：有十、一号……

师：猜猜它们是什么意思？

小结：看了说明书,就明白遥控器是如何使用的了。

3. 观察电视机说明书投影,引导幼儿观察说明书的不同表达方式。

师：这两张都是说明书,你们发现它们在说明时有什么不一样吗？(要说明的内容与部位后面不是文字,而是数字,并且有顺序。在说明书的旁边另外标明数字,数字后面有相关文字说明)

小结：说明书真有用,它能让人一看就明白。

(二)设计手机说明书：尝试用各种符号表达。

师：说明书可真好，一看那些说明文字就明白了。可是我们不认识字，那可怎么办？

引导幼儿用各种符号表达。例如：如果有音响功能画什么表示？报警功能用什么表示？

三、分享交流——介绍我的手机说明书。

师：你最喜欢哪张手机说明书？为什么？

引导幼儿了解只有使用恰当符号的手机说明书，才能让人一看就明白。

反思与建议：

生活中让幼儿继续收集、解读各种说明书，也可以为创意区作品设计、制作说明书。

（封茂华）

我的拓麻歌子

活动背景：

最近一段时间，广告上不断在介绍一种新型的电子宠物"拓麻歌子"，幼儿几乎每人都买了一个，每天兴致勃勃地玩着。围绕这一电子宠物，孩子生成了不同的问题。于是，我想小小的电子宠物也可以变为一种可行的教学素材。

活动要求：

1. 快乐描述、感受不同名字、各种形态的拓麻歌子，尝试介绍自己的拓麻宝贝。
2. 观察辨识不同的标记符号，对标记符号产生兴趣，初步理解标记符号所代表的含义。

活动准备：

1. 幼儿人手一个拓麻歌子，并有一定的认知经验。
2. 一段妈妈说话的录像。
3. 介绍符号标记的图。

活动过程：

一、说说我的拓麻歌子——快乐描述。

幼儿借助已有经验，尝试描述、介绍自己的拓麻宝贝，感受不同颜色、各种形态、各种名字的拓麻歌子。

导语：这段时间我们大（一）班的小朋友又迷上了一样新东西。每天挂在脖子上，还要让我代替你们养，帮你们照顾，是什么呀？（拓麻歌子）

（一）比对外壳形状。

提问：你的拓麻歌子的外壳是什么形状的？

活动中：

幼儿有的说圆形，有的说椭圆形。

教师随机找出一圆形实物（如瓶盖、钱币等），幼儿在实物比对中，比较圆和椭圆的细微差别。

师：原来拓麻歌子的外壳是相同的，都是椭圆形，但是拓麻歌子的颜色却是不一样的。

（二）交流各自颜色。

幼儿介绍自己的拓麻歌子的外形颜色，玩"快速指认拓麻宝贝"的游戏。

（三）描述外形与长相。

提问：小朋友的拓麻歌子外壳形状相同，颜色不同，其实里面养的拓麻歌子的长相也不一样！你的拓麻歌子长得什么样？（引导幼儿介绍自己拓麻歌子的长相）

活动中：

幼1：我的拓麻歌子长得方方的，像个方面包。

幼2：我的拓麻歌子长着两只长长的耳朵。

幼3：我的拓麻歌子嘴巴大大的，像个大河马。

幼4：我的拓麻歌子头是圆圆的，有许多脚，像章鱼。

教师要以顺口溜式的语言归纳评价幼儿的介绍，如：长得方方像面包；长长耳朵是兔子；嘴巴大大像河马；脚儿多多像章鱼……

（四）为自己的拓麻歌子取名字。

幼儿为自己的拓麻宝贝取个好听的名字，感受取名的快乐。

二、养养我的拓麻歌子——标记辨识。

借助介绍，体验独立喂养照顾电子宠物的辛苦，观察辨识不同的标记符号，感悟标记符号在喂养中的重要作用。

（一）我的拓麻歌子真难养。

教师引导幼儿体验喂养拓麻歌子的辛苦。

活动中：

师：你的拓麻歌子几岁了？为什么差不多时间开始养的电子宠物岁数却有大有小？

幼1：因为我的拓麻歌子被我养死过1次。

幼2：我的拓麻歌子死了无数次呢！

幼3：我的拓麻歌子被我骂呀骂，它就死了。

……

（二）倾听来自妈妈的述说。

播放一段录像，一位妈妈说：孩子不会自己喂养拓麻歌子，不会看符号，总是让妈妈帮忙，真希望孩子学会自己照顾拓麻宝贝……

（三）讨论如何照顾拓麻宝贝。

提问：怎样养育拓麻歌子才能让它不死，健康地长大呢？

活动中：

幼1：它有需要的时候会叫的，你要马上去照顾它。

幼2：它生病的时候，你要马上带它去看医生和吃药。

幼3：不能骂拓麻歌子，否则它会被骂死的，很痛苦的。

幼4：要看清屏幕上面的标记。

……

（四）辨识符号与标记。

教师出示放大的图像，幼儿看看认认，感悟标记和符号在喂养中的重要性。

三、寻找拓麻朋友——尝试自己介绍。

体验电子宠物与众不同的独特玩法，交流各自交友的方法。为寻找好搭档而尝试快乐地推销自己的电子宠物。

（一）了解新型的交友方式。

提问：拓麻歌子和以前的电子宠物比，最大的特点就是可以寻找朋友。寻找好搭档有几种方法？

活动中：

幼1：可以红外线连接寻找好朋友。

幼2：电脑会推荐给它一个好搭档。

幼3：通过天线它可以交到好多好兄弟。

……

（二）幼儿尝试介绍自己的拓麻歌子。

提问：怎样才能让大家都喜欢你的拓麻歌子，让你的拓麻歌子拥有许多朋友呢？

活动中：

幼1：我的咪咪很可爱，它高兴的时候会在头顶上出个大太阳，不高兴的时候会乱跳，你们愿意和它做朋友吗？

幼2：我的拓麻歌子老是听错我的命令，我让它喝奶它却睡觉，我让它睡觉它却要游戏。所以我要帮它找个严厉的朋友管管它。

……

四、延伸活动：拓麻网站游戏。

教师介绍拓麻歌子网站，与幼儿一同游戏。

（张 红）

做 广 告

活动背景：

生活中充满了各种广告，深深地吸引着孩子，影响着孩子。

在大班主题活动"我们的城市"中将"做广告"作为一次集体活动，对幼儿的语言发展有很好的推进作用。

在大班孩子临近毕业之时，运用"做广告"这一形式来为自己的毕业典礼做宣传，使广告活动更具体、更有趣而有意义。

活动要求：

1. 了解广告的多种形式及用途。
2. 尝试为毕业典礼做广告，体验做广告的乐趣。

活动准备：

1.《成长快乐》的多种广告形式。
2. 资料库：关于毕业典礼活动涉及的字、校名、地址、时间等。
3. 记号笔。
4. 音乐《欢乐颂》，广告衫、广告纸、名片、海报、横幅等材料。

活动过程：

一、经验再现。

（一）这两天我们在很多地方都找到了广告，请你们介绍一下自己带来的各种各样的广告，说说你找的是什么广告？你是在哪里找到的？

活动中：

孩子们听到提问后，便忍不住争先恐后地向大家介绍自己的广告，这时可以满

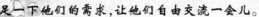

足一下他们的需求,让他们自由交流一会儿。

师:你带来了什么广告?

幼1:我是在马路上走的时候,人家发给我妈妈的做美容的宣传单子。

师:哦,说得真好,是在马路上走的时候拿到的。

幼2:我说的是减肥广告。

追问:在哪里看到的?

幼:是在电视上看到的广告。

师:还有谁在哪里找到了广告?

幼3:老师,我有一个广告,请大家猜一下是什么广告?

老师用鼓励的眼光邀请孩子,孩子说广告词……

——这里我用了三种形式让幼儿介绍自己带来的广告:1. 直接介绍。2. 说广告词让大家猜。3. 表演。

老师小结:哦,你们带来的广告真有趣。刚才我听到××介绍了一种产品的广告,我这里也找到了很多关于这个产品的广告,想看看吗?

(二)幼儿看老师准备的这种产品的各种广告。

——这里让孩子了解一个产品可以有各种广告形式。

活动中:

孩子们虽然收集到了各种广告,但对老师展示的一种产品的多种广告形式表现出浓厚的兴趣,纷纷发出"哇"的惊叹声,并被深深地吸引了。(有扇子、笔、哨子、广告单的形式)

1. 你们还在哪里见过这样多种形式的广告?

2. 一种产品为什么要做那么多的广告?

小结:一个广告可以有很多种的表现方法。有静止的广告、移动的广告,有图文的广告、音像的广告。(顺便解释:什么叫图文? 什么叫音像?)这些广告都是为了引起大家的注意,让大家关注广告上的物品或者事情。

二、请幼儿做广告。

(一)设置接电话场景,引出活动内容"为自己的毕业典礼做广告"。

活动中:

师:喂! 你好,这里是××幼儿园。(停顿一会)是呀,我们大班是有一个毕业典礼。(停顿一会)什么时候? 在哪里? (请幼儿一起说)

师：刚才有人来电话询问关于毕业典礼的事情，他们不知道时间和地点，也不知道有什么内容，怎样让大家都知道呢？

幼：那么我们也来做个广告吧。

追问：你们打算怎么为这次毕业典礼做广告？

（二）请幼儿为自己的毕业典礼做广告。

可以找好朋友一起商量，看看谁的广告最清楚、最吸引人，等会儿我们来个广告比赛。

活动中：

大班后阶段，孩子们的合作能力已经相当好，所以很快就组成了几个小组，自己选择材料开始活动。

有些小组先完成了，可以让孩子们想想怎样展示自己的广告，为后面的活动作准备，同时也让先完成的孩子有事可做。

三、成果展示：幼儿表演自己的广告。

（一）广告表演。

请客人老师做评委，如果客人老师觉得你们的广告做得好就举五角星牌，如果觉得这个广告看不懂或不太好就不举牌。看看哪个广告得到的五角星最多。

活动中：

孩子们的广告表演从广告词到广告展示，以及与同伴的合作很好地表现了出来，十分有趣，让我们看到了不同孩子的不同发展水平以及个别孩子在其中发挥的领导才能。

小结：你们做的广告可真棒，每一个都很有创意。

（二）宣传大家的广告。

提问：我们的广告怎样才能让其他人看到呢？

小结：我们把这些广告装饰一下，然后贴出去，让更多的人知道我们的毕业典礼，欢迎他们来参加我们的毕业典礼，来看我们精彩的表演。

反思与建议：

1. 区角活动可设计小扇子、宣传单，让孩子们继续为自己的毕业典礼做广告。
2. 举行一个广告表演比赛，进一步发展孩子们的合作、语言及表演能力。

（王　英）

小学生的早晨

活动背景：

　　每个孩子从早晨起床到上幼儿园，这段时间长短相近，但期间所做的事情各有不同。相同的时间段里所做的不同的事可以成为孩子讨论如何合理安排时间的话题。

　　小学生活是孩子们所向往的，"小学生的早晨"能激发他们成为小学生的欲望，建立良好的时间观念可以帮助孩子适应未来的小学生活，这也是本次活动的价值所在。

活动要求：

　　1. 通过记录，讨论早晨时间的安排，知道早上起床要抓紧时间。
　　2. 使幼儿对小学生活产生向往，萌发成为小学生的愿望。

活动准备：

　　幼儿记录早晨活动时间表，一段小学生的录像，包括以下镜头：
　　镜头一：6:30,起床,整理床铺
　　镜头二：6:45,吃早点,自己洗碗
　　镜头三：7:00,拿起英语书开始朗读
　　镜头四：7:25,戴绿领巾
　　镜头五：7:30,背上书包出门

活动过程：

　　一、经验交流与分享。
　　（一）导入：最近我们都记录了自己从早晨起床到上学的这段时间做了些什么

事情,有谁愿意介绍一下自己的记录?

(二)幼儿交流记录表中的内容。

——这是孩子们相互交流生活经验、产生生生互动的良好时机。

活动中:

教师的引导语要尽可能的丰富,以引起孩子对他人记录、发言的兴趣,这样的讨论才会有趣、吸引孩子。如:

师:×××的记录你能看明白吗? 你看到他早晨起床后做了哪些事?

师:他做的哪些事和你一样? 谁用的时间比较长?

师:这段时间里你一共做了几件事? 有谁比他更多?

师:你做的哪些事和别人不一样?

师:谁能看出他从起床到上学一共用了多少时间? 比比谁用的时间最短(长)?

小结:每个人早晨起床的时间和起床后做的事情都不一样,需要的时间也不一样,你们想不想知道小学里的哥哥、姐姐早晨起来做哪些事情?

二、看录像,了解小学生的早晨时间安排。

(一)看第一遍录像并讨论。

活动中:

第一遍录像孩子们不会太关注时间,因此接下来的讨论只需要他们能大致讲述小学生做了哪些事。

1. 提问:早晨姐姐做了哪些事?

活动中:

如果孩子观察力强,能把所有的事都讲述清楚,可以追问。如:为什么出门前要戴上绿领巾? 你早上出门前会戴上什么?

2. 追问:姐姐做的哪些事是我们没有做过的?

(二)看第二遍录像并进行记录、交流。

——在观看录像前可以提出比前一次更高的要求,让孩子有目的地观看录像。

1. 观看前提出要求:把姐姐先后做的事记在纸上,再试着算算做每一件事情用了多长的时间。

活动中:

如果孩子在记录上有困难,教师可提供一些图片供孩子在观看录像时排序。计算每一件事用去的时间,可以让孩子尝试但不强求,可以在后面的活动中去验证。

2. 分段观看录像,进行验证。

活动中:

孩子们依照顺序叙述"姐姐做了哪些事"并不难。这个过程主要是让孩子观察、计算做每件事花去的时间,特别是数字时间和指针时间的相互转换可能对某些孩子有一定的难度。

3. 姐姐从起床到出门上学一共用了多长时间? 你是怎么算出来的?

——多鼓励孩子用不同的方法计算时间,以丰富幼儿计算方法的经验。

活动中:

幼1:一共用了60分钟,15+15+25+5=60。

幼2:我用的方法不一样,15×2+25+5=60。

幼3:前面两件事都是15分钟,15×2=30,后面两件事25+5=30,30+30就是60分钟了。

幼4:我看她是6:30起床的,7:30出门的,一减就知道是1个小时了呀!

三、比较与延伸。

请你们把小学生的早晨时间安排和自己的比一比,看看我们做哪些事情用的时间长了,哪些事情我们还没有做过,试一试,因为我们马上也要成为小学生了。

反思与建议:

1. 录像中的时间显示可以是机械表,也可以是数字表。两种表示方式交替进行,有助于帮助孩子读懂时间的不同表示方式。

2. 活动后,鼓励孩子尝试根据小学生的作息时间安排自己早晨起床后的活动。

3. 请家长帮助孩子养成合理安排、遵守作息时间的习惯。

(何 洁)

破译电话号码

活动背景：

结合主题"我要上小学"中孩子们互留电话的主题背景进行活动预设,通过活动中孩子集体编出的密码,自然地引导他们学会关注同样答案下式题与式题间的关系,理解一个答案可以对应多个式题的道理。

活动要求：

1. 熟练运用 10 以内的加减法,理解相同答案可以对应多个式题。
2. 熟悉生活中一些重要的电话号码,愿意了解与同伴的联络方式。

活动准备：

1. 10 以内加减式题卡,破译电话号码练习纸,由加减法式题组成的电话号码卡片,红旗、黄旗、蓝旗、绿旗,记分牌。
2. 开展主题活动"我要上小学了",幼儿有了解同伴联络方式的愿望。

活动过程：

一、导入部分:复习 10 以内的加减法。

师:我们小朋友就要毕业了,前几天大家也讲到过分手后联系的方式,有写信、寄贺卡、串门,还有打电话……今天我们就来玩一个破译电话号码的游戏。

（一）看式题破译电话号码。

老师出示由 8 道加减法式题组成的号码卡,如 3+3,7-4,8+1……

——这个环节是帮助幼儿复习 10 以内的加减法。

活动中：

老师从多个角度提问,如这个电话的第一个号码是几? "6"是第几位号码? 最后一位是几?

师:你们真棒!一下子就把这个电话号码破译出来了,你们是怎么破译的?

幼:是用加减运算的方法破译的。

师:你们知道这是谁的电话吗?

幼:幼儿园。

师:你们以后如果有事或想念老师的时候就可以打这个电话。一起告诉我,幼儿园的电话号码是几?

(二)心算破译电话号码。

1. 老师出示第二个电话密码,提出要求:在心中计算,把答案记在心里,等一会儿我们大家一起说。

2. 老师出示第三个电话密码,要求破译准确、迅速,一下子把电话密码破译出来。

二、学习部分:为电话号码设置密码并破译。

(一)根据式题计算答案。

1. 将幼儿分成红、绿、黄、蓝四个队,每一队有 10 个电话密码,用小组竞赛的形式,比一比哪一队的本领最大,破译的电话号码又快又准确。

2. 各组交换检查。

3. 请每一组派一名代表报对方的得分数。

(二)尝试根据答案编式题。

师:这里有三个很特别的电话号码,等一会儿你们要用 10 以内的数为这些电话号码设置密码,电话号码里的每一个数字都是答案。你们编的密码要给别的组破译,所以要编得越难越好。

——刚开始请幼儿编题时,老师提供的号码可以是数字少但较特殊的(如 110、119、120)。这个环节引导幼儿理解一个答案可以对应多个式题,如可以将“119”编成一组密码:$4-3,7-6,2+7$,同样还可以编成:$7-5+2-3,5-2-2,1+5+3$ 等等。

1. 幼儿分组尝试编式题。

2. 小组相互交换式题并进行破译。

3. 请你们把破译出来的、与黑板上号码一样的电话号码贴在黑板上。

——这个环节可以快速检验出孩子编题或做题时产生的问题。表扬将题目编得又长又正确的幼儿。

4. 为什么这么多不同的式题,破译出来的号码却相同?

——让孩子理解一个答案可以对应许多个不同的式题。

三、延伸活动。

你们很聪明,不仅会破电话密码,还会把电话号码编成密码。不过你们刚才编的密码还不够难,你们看,老师给自己的手机号码设置了密码,你们可以去区角里猜猜看,老师的手机号码到底是多少。早上游戏的时候,你们也可以给自己家的电话号码设置密码,让其他小朋友来猜。

反思与建议:

1. 本活动适合在孩子即将入小学时进行,与"我要上小学了"的主题同时开展效果会更好。

2. 创设"有空常联系"的区角活动,鼓励幼儿尝试将自己家的电话号码编成密码让别人猜,熟练运用 10 以内的加减法。

(章 文)